*한국 서울에
돌아와 뉴욕 맨하탄을
그리워 한다. Seven train 전철을
Flushing에서 Times Square로
가면 보통 30분이
걸렸다.

(*Taken by the writer
Lee on November 26, 2025)

* 이 상 록

1. **시 인**
2. 영어강사 / 수필가
3. 미국 뉴욕 11년 거주
4. 시 등단 (2024), 시 신인상 (2025)
5. 강원도 양양 태생
6. 현북 초, 중, 양양고교

   청주 사범대학, 외대 eMBA

   미, 컬럼비아 대학

   영어 물결에서 헤엄치다

   시인이 되다

....

- 시집 1 .... 처음 본 달
- 시집 2 ... 산 너머 진달래
- 시집 3 ... 능소화 피는 날
- 시집 4 ... 뉴욕으로 간 뻐꾸기
- 시집 5 ... 맨하탄 달빛 여인
- 시집 6 ... 달 꽃

....

- 수상1: 2025 봄, 샘문학 시 신인상,
- 수상2: 2025 가을, 한국문학 시 특선상
- 수상3: 2025 가을, 한용운 문학 수필 신인상

....

- 샘 문학 회원
- 동대문 문화원 회원
- 한국문학 회원
- 한용운 문학 회원

*Roses that make
me happy are smiling and
stretching out to catch people' s concern.

*Photographed
by the writer Lee, on May 20, 2025
Jangandong, Seoul

*Here is
Times Square
Manhattan. We can see the LG
commercial Ad signboard, yellow taxis
and lots of street people
in front of
*the moonlight lady

(*Photoed on Aug. 22 2005)

❋ 미국 뉴욕 생활 ....

2000년 12월 23일 미국 뉴욕
JF Kennedy 국제 공항에 도착하여 혼자 미국 생활을
시작하게 되었다.
아무 연고도 친지도 없는 물설고 낯 설은 이국땅,
그래도 해 낼 수 있다는
긍정적이고 도전적인 정신을 앞세워 저지른 모험, 그 과정은
순탄치만은 않았다.

그 이듬해
2001년 9월 11일 World Trade Center 쌍둥이 건물이
테러리스트 일당에게 공격을
받아 폭삭, 붕괴되는 사건으로 인해서 미국 정부는 이에 대처하느라
큰 곤경에 빠지기도 했다.

이런 일이 있기 전에는, 거리마다 풍요롭고 도토리 주워 먹는 다람쥐
에게서 태평가를 들을 정도였다. 2000년 12월 후반기 부터
Northern Boulevard 150가 한인 주택에서 잠시 하숙을 하다
그 다음해 봄 3월에 Bayside 172번가로 이사 가면서
새로운 삶 시작,
당시 미국은 경제가 잘 돌아가고 있어 한인 경제
사정도 비교적 좋아 보였다.
틈틈이 취미 생활로는 Latin 5종목과 Modern 5종목,
파티에서 소개받은 Martin & Julia Rhu 선생님을
알게 되어 미국 11년 머무는 동안 내내 10종목을 수월하게 익힐 수가
있었다. 현지 체류 중, 영어 가르치면서
회화책 12권 집필, 저녁에는 Main Street에 위치한
Universal Dance Studio에서

경기용 Ballroom Dance —
Angela Gong 파트너와 연습하기도 했다.

당시 입장료는 10불이었으나
파티 초대권의 가격은 보통 50불 정도
한인이 운영하는 업소는 **Koreana** 와 **꿈의 궁전**이 있었고
한국에서 익힌 Sports Dance 덕분에
미국 한인 사회에 합류하는데
큰 도움이었다.

그리고 Linda 선생님도 잊을 수 없다.
우연히 만난 Steven Schneider, Mellen Groove
이분들의 조언과 협력으로
난, 영어 회화책을 쓰는데 많은 도움을...
가끔 McDonald에 가서
햄버거를 먹거나 Starbucks에서 플레인 베이글을 먹을 때가 많이
즐거웠던 것 같다.
Macy's 백화점에 가서 물건 구경하기도 했고,
Main Street에 위치한 Flushing Library에도
가끔 가기도 했다.

Seven Train을 타고 터덜터덜 맨하탄으로
가는 것도 큰 기쁨 중에 하나, 가는 길목마다 담벼락에
무슨 낙서를 그리도 많이 했는지 내 기분을 어지럽게 만들기도 했다.
히스패닉 또는 소수 민족들의 한과 애환, 이별, 가난
고독과 사랑, 실패와 좌절 그리고 희망 등을
묘사하지 않았을까 하는 생각이 들었다.
미국은 풍요로운 나라임에는 틀림이 없었다.
그래도 사람들의 생활은 지극히 평범하고
사치스럽게 꾸미지도 않으며

부를 과시하거나
화려하게 차려입지도 않았다.
도로 곳곳에 순찰 경찰차,
경찰의 법 집행은 강하고 확실했으며,
부정을 용서하지 않는 비교적 정의로운 나라로 보였다.

2007년경 Ash Avenue로 이사가는 바람에
근처 Kissina Park 호수가에 자주 갔었고 그곳에 운동하러 오는
한 여인에게 맘이 홀리기도 했다
말을 건네 보지 못하고 비둘기 눈을 피해 사진 몇 장 찍어 둔 게
소득이라면 소득, ㅎㅎ

그곳에서 살면서
도로포장은 딱 한 번 본 것, 그게 전부였다.
한국에 돌아와 보니 여기 서울은 대략,
1년에 한 번씩 길을 막고, 도로 포장하는 것으로 보여
큰 대조를 이루었다.
툭하면 도로 공사, 뜯어 고치고
잘살고 있는 나무를 개선이라는 미명아래
다른 곳으로 옮기고 또 그곳에 새로운 나무나 꽃을 파다 심는다.
자리 잘 잡고, 잘 자라는 나무를 자주 바꾸고 변형하고
고치기 일쑤였다 그리고 하천에 수십, 수백억 골프장과 눈 썰매장을
만드는 현장을 보고 크게 놀라웠다. 여름 장마에 다 쓸려나갈 짓을 왜
하는지 이해가 가지 않았다 그런 돈으로 청년들에게 장기저리
월세나 전세 또는 결혼 자금으로 대출해 준다면 그들이
얼마나 고마워할까 선거 표 의식하는 구청,
시청의 선심성 행정이나 낭비는 아닌지
냇가 개구리에게 먼저 물어
보기를 바란다

(*2025 11 21 서울에서.... 작가 이상록)

• 시집 5 “ 맨하탄 달빛 여인 ” 를

출간 하면서............

이번이
5번째 시집이 되는군요.

1,2,3,4 시집에 이어,
이번에도 시 60편 (241~300편)을 게재하였습니다.

그동안 크고 작은 주변 이야기, 사랑, 소망, 자연, 인생, 관계,
아버지, 농촌, 어린시절 추억, 뉴욕 생활, a sense of humor, fun story,
신앙에 이르기까지, 체험 소재를 바탕으로 **“재미있고 의미 있는 시”**
를 쓰려고 노렸했다
언제나 현장 위주로 보고, 듣고 느끼고, 만지고, 직접 체험한 것을
어떻게 쓸 것인가 무엇을 담을 것인가 하는 물음에서부터
그러면서 뭔가 남는 여운을 그려 보기 위해 많은 시간과 공을
들여온 점 또한 부인할 수 없다
미국에서 경험했던 일과 여기 한국에서 겪은 경험을 모으고 모아
시로 승화시켜 함께 웃고 함께 감동하는 시간이
산 너머 깊은 계곡 어느 참나무 가지 타고 오르는
머루알처럼 잘 익어 가기를 바라는 맘으로
이 시집을 준비했습니다. 유익한 시간이
되기를 바랍니다

(2025 12 06 서울에서... 작가 이상록)

책 온라인 판매 절차, 너무 까다롭다

* 온라인 책 구매가 너무 어렵다는
얘기를 들어 본 작가가 직접 들어가 보니 한숨부터 나왔습니다.

너무나 절차가 까다롭게 되어 있었고 구매절차, 회원가입 절차
본인 확인 절차 또한 복잡했다 1시간이나 씨름해야 겨우 통과하면
그나마 다행, 책을 사라는 건지, 말라는 건지,
한심하다는 생각이 들었지요. 불필요한 질문과 정보 요청이 많았고
또 확인하는 절차, 본인 인증하는 절차 또한 많아 시간 걸려 짜증도
나고 화도 났다. **이건 책을 사지 마세요.**
그런 느낌이 들 정도였지요.
이런 구조로는 작가도 서점도 출판사도 살아남을 수 없습니다.
왜 그렇게 하는지 이해가 가지 않았지요.

지나가다 사과 하나 사서 먹을 때 돈만 내면 누구든지 살 수
있는 것처럼 **간단하게 구조와 절차를 다시 만들어 주시기를 대형
온라인 서점 사장님께 부탁드립니다.**
책 내용을 잘 쓰는 것도 중요하지만 온라인에서 쉽게 간단한
절차만으로도 책을 살 수 있게 만드는 것은 더욱 중요합니다
문 꼭꼭 걸어 잠그고 있으니 어떻게 들어가 책을 구매합니까
컴퓨터를 잘 다루는 저 같은 전문가도 짜증이 날 만큼 너무나
많은 것을 물어보고 확인하고 회원가입까지 시간 많이 걸리니 중간에
다 포기하고 도망치고 싶은 심정
이래서는 책 못 팔아요. 사고 싶어도 구매가 어려워 책 못삽니다.
제 주변 사람들 다 같은 생각 —
그래서 제가 전화를 걸어 개선해 달라고 부탁도 드렸는데, 글쎄요
이런 구조로는 절대 책을 쉽게 팔 수 있는 구조가
아니 더라구요 절차 까다롭고 번거로우면 책 사러 들어갔다 포기
하고 나옵니다 **절차쉽게 구매쉽게 즉시** 개선해 주시기 바랍니다.

(*2025 08 26, 서울에서... 작가 이상록)

◆ 작가의 생각

멀리서 온 손님 맞으려면
집에 앉아 생각만 하는 것은 예의가 아니지

어서 일어나
그가 오는 길목으로 가자
달려가자 처마 끝에서 사는 시골 마을 흥부네 제비처럼 날아가 보자
잠실대교를 넘어
롯월드 타워를 지나 돌고 돌아 광진교 위에서
마음 하나 펼쳐 놓고
강물에 흘러가는 물살을 홀로 지켜본다

번쩍 번쩍
구불 구불

살아 있다는 흔적은
밤에도 나를 흥분시켜 주었다
무슨 생각을 하고 꿈틀대는지
물 깊은 곳에서도 밤 문화는 흐르고 있었다
저 멀리
허드슨 강가의 물살이
찾아와 내 안에서 출렁거리고 있다

두고 온 그리움일까
못 이룬 아쉬움일까

맨하탄 달빛 여인이 찾아와
내가 살고 있는
문을 두드리면 어떻게 할까
혼자서 그런 상상만으로도 이 밤은 꽤 비싼 영화 한 편이
되어가고 있었다

나도
꿈틀 거리고 있는가
물결 따라 맥없이 흘러가는 그저 그런
벌레 먹은 뽕잎인가

아주 멀리서
찾아온 달빛 여인의 그림자
강물 위에서 연어가 던져준 눈빛 인사, 별빛으로
빛나고 있었다

내가 쓴 글
하나하나, 붓끝 마음 하나하나
그 누군가에게는 강물 위로 흐르는 그리움이 되고

번쩍,
눈과 눈이 부딪혀
사랑이 되고 생명이 되고 소망이 되어
멀리멀리 훨훨 황새 따라, 가고 싶은 곳까지 날아갈 수 있기를
바라는 맘

난, 오늘도 먼 옛날
선배님들이 그랬듯이 나도 반딧불 모아
이 밤이 다 가기 전, 하늘 높이 날아 달에 이르고, 별에 이르는 시 한 편을
완성하고 싶습니다

광고에 의해서 잘 팔리는 책도 좋지만
구전으로, 소문으로, 실력으로, 내용으로 인정받고, 잘 팔리는
이상록 양양 시인의 시집이었으면 더욱 좋겠다

(교보, 영풍, 종로, 네이버, 다음, 에스 24시, 알라딘. 등에서 구매 가능)

(*2025 08 27 서울에서.... 작가 이상록)

◆ 산 너머 진달래

(*작가의 제 2 시집에서 ....)

산 너머 진달래 ... 이 상 록

까마귀 물고간
까마득한 날에, 까만 손수건

꾀꼬리 따라 계곡물 따라 졸졸
사연 말아 청보리 길

지친 한줄기 그리움
유월 가지 끝에 머문다

청산, 소 몰고 떠나는
아들 맘속에서
소녀는 나비가 되지요
안개가 되지요

시냇가 수양버들 좋아라 춤추면
내 마음도 둥실, 오리 엉덩이도 둥실
나뭇잎 푸르러 옛 추억 푸르러

산 너머 진달래
소나무 가지에 걸어둔 님 그림자
솔바람 타고 내 마음 흔들고 있네

(2025 05 04)

◆ Main Street

* Ash Avenue

◆목차

제1부 ....

◆목차

제 2 부 ....

◆목차

제 3 부 ....

◆목차

제 4 부 ....

◆목차

제 5 부 (부록편) ....

● Churches in Flushing, Queens NY

*When I was in Flushing,
Queens New York, I used to walk to
Kissina Park near my house. There were lots of
people who were gently running around
the lake in the park. I enjoyed
seeing neighbors who were
sitting on a bench and
talking joyfully.

*In Flushing, I saw
the two churches so frequently.
Two years before I left New York they were
photographed by the
writer Lee.

*알 림 ....

제 1시집 .... (1~ 60편 수록)

....

제 2시집 .... (61~120편 수록)

....

제 3시집 .... (121~180편 수록)

....

제 4시집 .... (181~240편 수록)

....

제 5시집 ... (241~300편 수록)

....

제 6시집 ... (301~360편 수록)

....

위와 같이 시의 일련번호를
제목과 함께 게재하였습니다 시 한편 한편을 소중하게,
새 생명 탄생하듯
독립된 인격을 부여하여 앞으로도
계속 그 숫자를 붙이고 또 늘려 가도록 노력하겠습니다

대한민국에서 가장 성실하게, 가장 재미있게
가장 진솔하게, a sense of humor 담은 **체험적 서정시**를 중시하는
시인으로 기억되도록 늘 최선을 다하겠습니다
감사합니다

(*이상록 2025 12 01 서울에서...)

목차 ....

제 1부 ....

(시 241~255편)

During my childhood,
I used to climb the mountains
behind the village I lived.
Then I saw many kinds of birds.
What can we call the bird
on the nest below?

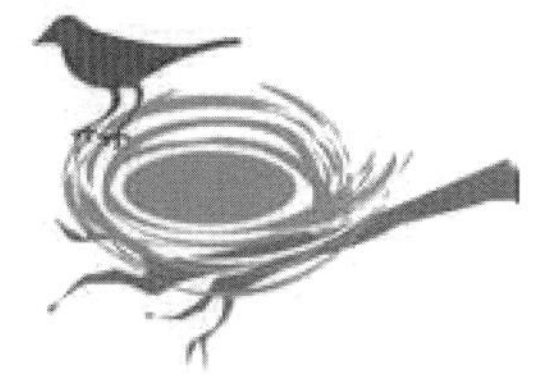

241. 맨하탄 달빛 여인 … 이 상 록

시간은
구르고 굴러 강가로 갔을까
황새 뒷다리에 걸려 어느 초원에 누워 있을까

스님이 두고 간 하얀 메모지
계절을 잊은 채, 오늘도 주인을 기다린다

히스패닉
철없는 아이들이의 장난기, 내 눈앞에서 춤을 춘다
손도 발도 없이 스물스물 달팽이 맘으로
벽 타고 오르는 알 수 없는
난잡한 웃음

예술인가
몸부림인가

어두움 틈새 비집고 들어가는 잡초 뿌리
몰래 그어댄 그들만의 허름한 가설극장 뒷마당 그림자
3류를 넘어 4류도 아닌,
소수 민족의 한과 외딴 마을, 설익은 감 껍질
떫은맛 안고 나, 풀라싱 마을에서
맨하탄으로 간다

쎄븐추레인 젊은 휘파람 소리
내가 간다는 소식, 바람이 전해 주었을까
센추럴팍 역 앞에서 나를 반겨 주는 한 여인, 달에서 왔구나
손에 들고 있는 하얀 마음
그녀 눈가 작은 미소,

고향
앞바다가
출렁거린다

해파리 일까
조개 속 까만 진주일까

알 수 없는
맨하탄 밤하늘에
쿵쿵 —

또 하나의 달이
노아의 망치 소리를 듣고
내게 천천히 걸어오는 것만 같았다

(2025 08 28 서울에서....작가 이상록)

242. 모기 생각 ... 이 상 록

해가 막 질 무렵
흑두루미 혼자 서편 하늘로 날아간다

강물은 흐르고
갈대숲 사이로 바람 한 줄기

하루는
또 그렇게 가고 난 뚝방길 넘어
도시 마을 길 굽이굽이 수달처럼 돌아
옛 통닭집에 머문다

통닭 한 마리요
말이 뛰어나가면서 15분 후
다시 통닭 한 마리요
하는 소리가 되돌아왔다

내가 한 말이
직행으로 가 다시 직행으로 돌아온 것
말하는 대로 이루어지는구나

천년 바위나 알까
빛이 있으라 하니 빛이 있었던 것처럼
말은 뜻으로 생명으로 꿈틀거렸다

달콤한 향기
손에 가득 들고 기쁜 맘으로
집에 돌아와
앉아 먹으려고 봉지를 푼다
혼자 먹기 미안해 주위를
살펴본다

사람은 없고
어젯밤 날 물어뜯은 모기 한 마리 벽에 붙어
무슨 생각을 하고 있을까

난,
녀석의 맘을 알고 싶어 한 시간
기다려 보았다
피 —
피만 좋아하는 녀석
같이 못 놀겠네
일은 안 하고 ...

내려와
감사 기도나 같이 하자
네 속에 들어 있는 맘 좀 들여다 보자
소원 다 들어줄게
내 피도, 마음도, 집 한 채도
기꺼이....

너도
좋은 곳으로 가야지
피만 빨다 계절 바뀌면 어쩌려구
산 너머 철수 영감도
이웃 최씨 고집도 아직 어름장
봄이 오면
교회 종소리 들어 줄까

담 벼락
모기왈 —
그들의 봄은
구렁이가 칭칭 감고 있어요

(* 2025 11 24 오후 8시 07 ... 작가 이상록)

243. 길을 찾다

... 이 상 록

밤
밤에도
숲 어디 두고
이 밤, 네 홀로 우는가

도시
사람들 잠들어
길목 내 머리 위에서
빙빙 돌며 타다 남은 그대 속 마음
검게만 들린다

님 잃어 슬픈가
님 떠나 슬픈가

청 가는 길
두더지 맘으로

나그네 길 삼백리
숲속 마을 떠나 구불구불
아버지 몰래 떠난 구름길 오백리
밤과 낮, 경계선 없는 오리 헤엄친 물길 따라

내 긴 다리에
쓰러진 붉은 무늬들...
언덕을 오르지 못해, 잠시 쉬어가는 한 남자
누가 남겼을까
빵 반 조각—

한적한
산비탈 길에서
내 젊은 날을 열어 본다
나도 푸르게
잘 커 갈 수 있을까
솔바람
지나간 산길에서 밤 하나가 떨어진다
별빛도 쏟아진다

걸어서
가는 길, 아직 먼데
밤나무는
날 붙들고 있었다
난
젊은 나그네
길을 찾아 또 떠나야 한다
살기 위해서
내게 걸을 힘은 얼마나
남았을까

버려진
타이어 구멍에서
오래된 바람 하나가 새어 나오고
있었다

(2025 05 10 서울 장안동에서... 이상록)

244. 꿈속에 달

... 이 상 록

달—
강가에서
술에 취한 듯
날 보고 수줍어 벌겋게 웃고 있다

서울
광진교 다리 위에서
마음 돌려 북쪽 마을로 날아가
빌딩 위, 달 하나
아무도 없는
서쪽 마을로 코스모스 손짓하는 길 따라
또 날아가 본다

차에서
귀뚜라미 우는 숲속으로...
참나무 한 그루, 혼자 묵상 기도를 올리고 있다
들어가
허리를 만져도 반응이 없다
나뭇잎 사이로 개미 따라 오르는
달빛 향기
눈 감고 추억 속 한 사람
소나무 아래 첫 키스,,.
그 시절 해변의 달
이 밤, 날 싣고 그 바다로
가고 있었다

(2025 07 10 서울에서 ... 이상록)

245. 여름 더위 ... 이 상 록

더워도 좋다
나무뿌리가 타지 않을 만큼이라면

저 산 아래
그늘 없어도 아버지는 소와 함께 밭을 가신다

일어
어서 가

말 못하는 어미소 데리고
하루종일 그렇게 외치시는 우리 아버지

난
먼 뉴욕 하늘 아래서
가끔 그런 아버지를 맘으로 꼬—옥 끌어안는다

학교 진학하는 것을
유난히도 반대하셨던 아버지
가끔
가혹한 아버지라 생각하고
난,
아버지 몰래
미국으로 도망쳐
멀리서 아버지를 본다
그래도 일찍 돌아가신 어머니보다 좋다

도시
한복판에서
여름 더위를 맞고 보니
이건 시원한 가을바람이었다

아버지 앞에서
옆에서 뒤에서 이런 더위는 아무것도 아니어서
아들도 이만큼 강하고 큰 자가 되어
가고 있음을 …
그래도
아버지가
어머니보다 더 그리운 것은
더 보고 싶은 것은

이 더위에도
산허리 하나 붙잡고 꾀꼬리 날개 펴는 소리
바람으로 멀리 날아가면 아들 생각
떠 올랐겠지요

꿩~ 꿩
님 찾는 꿩 소리에 아들 그림자 하나
살며시 그려봤겠지요

더워서
더 그리운 아버지
우리 아버지

(2025 07 11 서울에서… 이상록)

246. 소화의 하루 ... 이 상 록

저 담 타고 오를까
나뭇가지 타고 오를까
쪼르르 쪽쩍
쪼르르 쪽쩍

여름 한철
냇가에서 님 그린 그리움
한 움큼 바람으로 떠돌다
천둥 치는 소리
하늘 구름 가르고
떨어진 마지막 소원

땅에서 마른 바람으로
떠돌다 어느 담벼락 타고
살며시 오르는 꽃바람
소녀 소화의 맘일까

어디선가
들려 오는 추람핏 소리
깨진 하늘에 달빛 타고 오르는 꽃 한 송이

오늘도 기다리다 지친 하루
"소화야, 어서 오려무나"
달은 지고 있는데
소녀의 하루치 미소
빈 강가 물빛으로 떠돈다

(2025 07 12 서울에서... 이상록)

247. 지팡이

... 이 상 록

오늘은
나팔꽃 줄기처럼 어디론가 가련다

이는
어제, 나 자신과의 약속

가방 하나에
시집 한 권, 문 열어 엘리베이터 앞

열린 문 안에
지팡이 짚고 서 있는 노인 한 사람

1층에서 문 열리자
그분의 발걸음

엄마 어디 있어요
뒤뚱뒤뚱 오리걸음
3살 아이의 시간이 흐른다

고장 난 흔적
시간은 오늘도 또 누군가를 할퀴고 가려나

노인의 지팡이에서
피고 진 살구꽃 흔적을 본다

(2025 07 17 서울에서.... 이상록)

248. 수학 선생님 ... 이 상 록

지난 것은
다 아기 웃음일까 추억일까

토끼가 사는 작은 마을에
큰 생각 하나, 푸르게 키워가는 현북중학교
수학 선생님
한밤중에 우리 집 찾아와 날 부르고 있었다
달 품에서 잠자고 있는 수탉 아들

상록아, 예
상록아, 예

대답만 하고
밖에 나가 보지 못한 죄
아침이 되어 아버지의 호된 질책만
소년기 잠은 지구보다 무겁다는 걸 왜 모르셨을까
혹시 알면서도...
어떻게 한밤중에 제자 이름을 부르며 찾와 왔을까
참, 이상하다
산 넘어 기러기 따라 아주 멀리
그때 그 밤길 선지자는 가고 없어도
그 이상한 밤은 여전히
내 발끝 마음 한구석에서 꿈틀대고 있었다
또 누군가가
날 부르면 대답만 하고 몸은 여전히
파나마 홍수환 선수 권투 하듯, 링 안에서만 굴러다닐 것이다
상록아, 예 / 상록아, 예
수학보다 더 어려운
하룻밤 수수께끼

(2025 07 20 서울에서.........이상록)

249. 애쉬 애빈뉴 ... 이 상 록

노던 불러바드 150가,
참 잘 살았다 참 행복했다
코 큰 나라에서 행복감을 느끼기며 산다는 게
그리 쉬운 건 아닐텐데...
만기가 되어 나는 떠나야 했다
아브라함의 심정은 아닐지라도
정든 곳을 두고 떠난다는 것은 조금은 아픔이었다
7년 쌓은 정 모두 한 추럭에 싣고
달려갔다 그곳은 처음 가본 마을, 애쉬 애빈뉴 코압건물
7층 건물에 1층, 짐 하나하나 송아지처럼 다독여 주고
점심 먹을 겸, 문을 닫고 나왔다
그때 안에서 짤깍 잠겨지는 소리—
나는 집 안으로 들어갈 수가 없었다
할 수 없이 1층 부엌 창문으로 담 넘어가듯
기어 올라갈 때, 갑자기 싸이렌 소리, 2대의 백차
슬러퍼 샌달 신발에 군복바지 차림의 나, 에이션 제퍼니즈 신사적
질문 몇 개가 날아왔다 집주인에게 전화를 걸어 입증,
바람 한입 물은 그들은 유람선
당일 이사 온 나, 서툰 행동
조금만 이상해도 신고부터 하는 나라,
애국심이 강한 나라, 잘 도와주는 선교의 나라,
내 어린 시절 옥수수빵을 보내 준 고마운 나라,
정의가 강물처럼 흐르는 나라, 한강 밤길을 걸으며
난, 물 위로, 바다 위로, 추억의 물새처럼
와싱턴 포토맥 강가로
날아가고 있었다

(2025 08 28 서울에서.... 이상록)

250. 횡단길 ... 이 상 록

큰 것이
작은 것을 사정없이 물어재킨다

길 건너가며
왜, 뭣 때문에, 의문은 수박에 썰어 마시며 한 참 지켜보았다
왜, 물고 뜯고 하는가

작은 것이 덩치에 밀려
아무 반항도 못하고 목덜미 물린 채
끌려가듯 떠밀려 가듯 힘겹게 가고 있다
그런 상황에서도
주인은 줄 하나에 두 녀석을 묶은 채
분명 저건 아닌데
한 아이가 작은 것을 괴롭힌다
주인의 사랑을
독차지하려는 큰 놈의 질투심

그놈의
사랑이 뭐길래
저토록 물어뜯고 흔들고 끝내 목에서 흐르는 피,
주인의 마음은 겨울 강가
마구 물어뜯는 큰 녀석보다 주인이 더 미워지는 순간
나는 돌아섰다
나의 뒷쪽에서
똑, 똑, 똑 떨어지는 빗 물소리
횡단길을 지우고 있었다

(2025 07 21 오후 9시 08분 서울에서... 이상록)

251. 수국 ... 이 상 록

나무에
부딪힌 바람 소리
길가에 누워 신음하다

말 못해
약국에도 못가, 병원에도 못가
혼자 커진 깊은 사연
큰 응어리

여름 장맛비에
물만 먹고 자란 키, 이만큼
수국 수국

이젠
어른이 되어야지
떠도는 말 주워들을 줄 아는 우리 아이들

듣고 또 들어서
내 머리만큼 크게 둥굴게 커진 지붕 위
호박 달
하하 호호 속으로만...
우리는 꽃
지나가는 사람들의 사연 모아
둥굴게 둥굴게 감아올려
크게 웃을거다 웃는 만큼 커가
우리는 수국, 수국

(2025 07 25 서울에서... 이상록)

252. 푸암리 뽕나무 ... 이 상 록

도시
길모퉁이 뽕나무
감나무보다 경쾌한 숨소리
바람 뒤에 숨다

어두운 밤에도
날 알아보고 반겨주는 너 —
요나처럼
뱃속에 숨어 있다 왔을까
기차 뒷칸 무임승차하고 왔을까
고향마을
오디나무 위에서
먼바다 파도가 출렁

소문 듣고 왔니
인터넷 찾아 물어물어 왔니

내 키보다
큰 반가운 그리움, 오디, 산 비둘기
뽕잎 먹는 소리, 누에의 하품
아, 푸암리 뽕밭이여

여름 더위에
그리움 익히는 뽕나무 오디, 나와 어머니를
목이 타도록 까맣게
부르고 있었다

(2025 07 22 서울에서... 이상록)

253. 도시 문명 ... 이 상 록

사과 반쪽
날아가는 시간을 살짝 베어보니

서리 맞은 감나무에 매미가 울다 남긴 소리 —
셋, 둘. 하나 흘러 내린다

허허
지하철 플랫폼
1인용 원탁 유리 의자에 주인처럼 앉아
오가는 사람들 사이에서
영화 한편을

개구리 없는 도시 마을
오토바이 소리에 산 달아나고
탑차 확성기 소음에 내 머리까지 깨진다

아스팔트 불덩이
계절이 미친 것일까 사람이 미친 것일까
연못가
개구리는 알고 있겠지요

하천에
눈썰매장, 골프 연습장
도로 한 복판에서 길 깨뜨리는
소리만 ...

(2025 07 25 서울에서... 이상록)

254. 난, 이런 사람 싫어요 ... 이 상 록

카톡 할 때마다
자기 글은 한 줄 없고
남이 써 놓은 사진 속 글자로만
카톡 카톡 하는 사람

1년 내내
밥/커피 한 번 안 사는 사람
밥 먹고 나서 감사 표시 안 하는 사람
늘 중간입장만 취하는 사람/필요할 때는 나타나지 않는 사람
늘 자기 사정만 늘어놓는 사람
나오라고 해 놓고 계산 안 하는 사람
둘만의 약속에
여러 사람 데리고 나오는 사람
뒤에서는 험담하는 사람
잘되는 것 시기 질투하는 사람
친해지면 보험, 투자, 회원가입 유도하는 사람
자기 이익만 챙기려 하는 사람
상대 이야기는 절대 안 듣고 자기주장 내세우는 사람
칭찬 한번 안 하는 사람

*인생을 살다 보면 누구나 크고 작은
실수가 있기 마련
상대 흠결을 보지 말고 좋은 것을 보자
격려해 주자/칭찬해 주자/도와 주자
꽃밭에 물 주듯, 마음의 정원에도
늘 물을 뿌려 주자

(2025 07 28 서울에서.... 이상록)

255. 새색시

... 이 상 록

학교 갔다 돌아와
감나무 위에 오른 나에게 어디선가 담 넘어 온
소리 ㅡ

총각, 총각 ㅡ
엊그제 시집온 새색시
날 쳐다보며 또 총각 총각한다
17세 소년, 그게 뭔 소리인지도 모르고 대신 감 몇 개
담 안에 던져 준 푸른 기억뿐...

빨래 널다
날 보며 또 총각, 총각
조용한 마을에 바람이 불기 시작했다
내 가슴에도 알 수 없는 풀 바람

긴 대나무 끝에 V자
허공에서 난, 오늘도 낚시질을 해야한다
강태공도 보인다 파도는 나뭇가지 끝에서 보인다
물살을 가르기도 하고 깊이 잠수에 들어가기도 하고
내 손끝에서 하루의 품삯이 익어갔다

많이 찔렀을까
바르게 잘 찔렀을까

난, 감 하나하나에 눈빛 인사를,
상처 난 곳은 없는지 아픈 곳은 없는지
취침 전 피아노 울림 같은 시간을 움켜쥐고

달빛 따라
잡초길 따라 걷고 또 걸어, 발끝에서 솟아오르는

사랑도
그리움도 모두
내겐 아침 이슬로 반짝일 뿐

그래도
어쩌다 감가지 타고 담 넘어갔을 것이다
그녀 잠든 모습 훔쳐보았을 것이다
바위틈보다 좁은 문틈으로...

메뚜기 바람은
어느새 불고 불어 그 마을 일대가
다 불난 바람 마을 이젠 사람들이 하조대 들녘을
바람불이라고 부른다
한겨울 찬 바람, 냇가 모래 들어 올려 내 빰 스쳐갔던
그 험한 바람 —
지금은 어떻게 불고 있을까

난,
멀리 키시나 팍 그늘 아래서
단풍잎을 줍는다
너, 바람불 —
총각 마음 빨랫줄에 걸어둔 그 여인은 또...
난, 여전히 감가지 끝에 머물러
푸른 하늘을 만들어
가고 있었다

(2025 08 11 서울에서... 이상록)

● Let me think ...

*Lake in Kissina Park NY

제 2부 ....

(시 256~270편)

제목 : 맨하탄 달빛 여인

256. GMC ... 이 상 록

산 아래
누가 살고 있길래
저리도 얌전하게 내려올까

혹시 뱀
어쩌면 호랑이가 지나가는 걸까

버드나무 손길따라
학교 갔다 돌아오는 길에 우두커니 논에 서 있는
황새처럼 지켜보았다
천천히
두 눈에 켜진 불
녀석이 두려워하는 것은
단지. 땅 그 자체였을 것이다
힘이 세어 어디든지 오르고 내려갔다
우리 집 황소보다 힘이 더 세었지만 큰 물길 앞에서
며칠 쏟아진 물렁 한 길바닥 웅덩이 그 속에서는
힘도 기술도 먹히질 않는 모양이다
어쩌다 미끄러지면
아이들 웃음소리도 미그러져 웅덩이 안에서
까르르 키키키...
어디서 날아왔는지 까마귀도 웃고 간다
소낙비 머물다 간 아랫마을에서
천하무적 GMC(제무시)―
한나절 빈 웅덩이에서 물레방아
엉덩이만 찧고 있었다

(2025 09 01 서울에서... 이상록)

257. 8월 31일 ... 이 상 록

누군가
떠나간다는 것은
누군가와 이별한다는 것은
천둥소리에 찢어진 소나무 가지

덥다 덥다
풀숲만큼이나 무성한 사람들의 불만이 모기에 물려
중곡동 작은 산 언덕길 위에서 하나하나
어둠 속으로 사라지고 있었다

마을 길 내려와
창가에 홀로 서 있는 자키 자키 —
누가 물어다 놓았을까
애인 이름일까
디제이 이름일까
내 머릿속에서 들고 일어나는 한 여인의 머리카락 숨결
나도 한때는
자기라고 호칭 받은 적 있었겠지
5월 햇살에
송아지 마음, 연 푸르름
다 익히지 못해 홀로 남은 그 언덕 그리움
이 밤,
난
긴 꼬리에 점 하나—
8월은 철 지난 딱새 품으로 깊이 빨려
들어가고 있었다

(2025 09 01 서울에서 ... 이상록)

258. 하늘 편지

... 이 상 록

하늘에서
떨어진 흰 종이 한 장 주워
오이밭 사이로
걸어가는 병아리 맘으로 글을 쓴다

....

아버지,
저는 오늘부터 10살 아이의 나이로 살아가겠습니다
그러다 10년 후엔
5살 아이의 나이로 살아가렵니다
그러다 또 10년 후엔
3살 아이로 살아가려고 합니다
저의 마음이
바람에 날아가지 않도록
항상 꼬 ㅡ 옥
붙잡아 주세요

(2025 08 23 서울에서... 이상록 작가)

259. 까만 바다 ... 이상록

아버지 그리움
허공에 새긴 9월 초하루
빨간 고추 코끝에서 익어 가고 있다

고향 뜰
작년에 핀 민들레, 내 키만큼 자라
추석날을 기다리고 있었지요

세월은
또 그렇게 가고
남은 것은
햇살 따라 그어진 오동나무 그림자
보리밭 푸른 물결
해당화 끌어안고 피다 지다
어미 소와 아버지
사람 없는 풀밭에 머물다
햇살에 녹았지요
그 언덕
살구나무 알고 있겠지요
나 혼자 미루나무 꼭대기에서
먼 ~ 바다를
까만 바다, 저 바다가 검게 보이는 것은
어린 시절 바닷가 아이들
그리움 때문이지요
미역 줄기
까맣게 탄 마음 때문이지요

(2025 09 02 서울에서.... 이상록)

260. 수탉의 기도

... 이 상 록

엄마
저 낮달이 날 내려다보고 있어요

독수리처럼 내려와
날, 낚아채 가면 어떻게 하지요

아니야
그럴 리 없어
새벽에
우리 집 수탉이 기도를 올렸거든

꼭꼭 꼭꼭 꼬 ―옥

암탉이
알을 많이 낳게 해달라고
우리 집 송아지 잘 자라게 해 달라고
우리 아기도 잘 크게 해 달라고...

꼭꼭, 꼭꼭 ~

오늘도
내 친구, 수탉 기도 소리에
암탉 ―
하루치 사랑,
볏짚 둥지에 담는다

(2025 09 03 서울에서 ... 이상록 시인)

261. 첫 미국행

... 이 상 록

12월이 다가오면서
나는 요나가 그랬던 것처럼
정든 고향을 떠나, 갈매기 파도 따라
물길 속 고기 따라
느낌대로
미국으로 떠나가야 했다

공부 잘해서
국가가 보내 주는 것도 아닌데
아무도 날 기다려 주지 않는 그런 곳으로
캄캄한 밤 깊은 산속에서 길 잃은 사슴 모양
때론 어둠 속 토끼

칡 줄을 끌어당겨
미국행 전화 다이얼을 돌려 보았다

헬로우
헬로우

아무도 대답이 없다
어둠 속에 던져진 한 줄기 소망
머물 곳이 민간 기숙사인가 대학 기숙사인가
다시 이어서
첫 H는 잘라내고

엘로우
엘로우

바스락
낚엽 밟는 소리

엘로우 (Ellow)
I`m Babo.
I`d like to book a guest room.
Is it available?

그 말이 떨어지자
들려 온 말, 한국 사람인가요
이럴 수가
우리말이 이렇게 달콤하다니...
아카시아 바람 소리 —
아침 태양보다 더 밝은 밤무대
학교 기숙사가 아닌 Bronx에 한국교포
로또에 당첨된 기쁨보다 더 큰 울림의 파도 물결
아, 산 하나가 안개처럼
사라지고 있었다
산속에 밤바다 한 줄기 불빛
길 없는 숲길에서 헬 대신에, 엘을
내 소원 하늘에 닿았을까
가을을 알리는 돌 틈 사이 귀뚜라미 울음소리 같은
그 한 사람의 음성을, 하나하나 쪼개어
난, 다시 듣는다 꿀이 흐른다
아, 그날 밤
오늘

(2025 09 03 서울에서 먼 기억을 찾아... 이상록)

*헬 (hell 지옥) *엘 (ell 하늘의 신이 함께하신다 는 뜻 —천국)

262. 여름 오이 ... 이 상 록

시골집
앞마당 뜰에는
어머니가 심어 놓은 오이가 쑥쑥

뒷마당
병아리 날 따라
8월 풀숲을

학교 갔다
돌아와 점심으로 오이 하나
고추장 찍어 먹었지요

산 아래 흐르는 물
우리 집 뜰에서 쉬어갔지요

아침에 피었다
며칠 수다 떨면 어느새
누런 참외밭
침대

빨라도
너무 빠른 인생
천년을 하루같이
오이 등짝에서 하늘의 언어가
새겨지고 있었다

(2025 09 03 서울에서... 이상록)

263. 논에 피(가라지) ... 이상록

산등선 너머
구개골 논, 밭에 거머리가 살고 있다
어린 시절
나도 넘고 넘어 보리밭 길
일어
와~ 와 ~
소 몰고
논바닥에서 흙탕물 튕기며 일하시는
아버지를 맘으로 새겨 본다
5월 모심기가 끝나고
한여름 7~8월
시골 논바닥에서 불타오르는 사랑의 열기
벼도, 메뚜기도, 거머리도...
뜨거워질수록 더 커지는 사랑의 언어들...
푸른 바다가
여기서도 찰랑대고 있었구나
사랑싸움 여기서도 출렁대고 있었구나
혼자서 바라보는 아버지 음성과
어미 소의 가쁜 숨소리
그리고 하늘의 태양
이 모두가 어우러져 넓고 시원한
바다 같은 들판을 키워가고 있었다
저 멀리
벼와 똑같이 생긴 녀석
벼 옆에 나란히 착 붙어
한마음 한뜻으로 커 간다

싱글싱글
길바닥에 뿌려진 웃음
뿜어내며 하늘 높이 솟아오르고 있다
어쩌면 저렇게 똑같을까
얼굴도 웃는 모습도
위로 걸어가는 모습도...
그래도 둘 중에 하나는 가짜
아버지는 알고 있을텐데...
왜 그냥 두고만 있을까
푸르게 푸르게
아버지가 뿌려 준 비료와 땀과 사랑을
한 상에서 먹고 마시고 끌어안고 잠도 잔다
추석을 앞두고 나 혼자서라도 고향을
몇 발짝 건너편에도
듬성듬성 염치없이 자라고 있는 가라지, 피
곳곳에 피는 피,
빈둥빈둥 일 안 하고
알곡 벼와 함께 자란다
1년 논바닥에서 산 경험
그것으로 난 재판관이 될 수 있었다
벼일까 피일까 누가 진짜일까
모양은 똑 같아 —
그 재판을 서울에서 곱게 자란 법관이
재판을 한다면 어떤 판결이 나올까
열매를 보면 그 나무를 알 수있다
나는 어떤 열매를 맺고 있을까

(*2025 09 03 서울에서... 이상록)

264. 사이 ㅅ ... 이 상 록

우리 말에
밤/밤, 어떤 게 먹는 밤인가
말/말, 어떤 게 달려가는 말인가

동음이어
그래도 우리는 문제 될 게 없다
뒤에 이어지는 상황에서 그 뜻을 헤아리면 되니까

문제는 사이 ㅅ이라고 본다
두 명사와 명사를 합쳐 부를 때 사이 ㅅ을 붙인다
바다 + 가 = 바닷가
배 + 사공 = 뱃사공
소리 나는 대로, 발음 나는 대로 사이 ㅅ을 붙인다는
한글 학회의 주장에 쉽게 동의하기 어렵다
영어에서 sea+side = seaside (바다가)
ship+man =shipman (배사람)
쉬운 길을 두고
굳이 사이 ㅅ을 붙여야 하는 국어 논리
세종대왕님께서 "쉽게 하라"는 말씀과 상이한 일 아닌가
가령) **등굣길, 대폿집**...

이렇게 비틀어서 꼬아서 어쩌자는 건가
여기서 발음해 보면 사이 ㅅ이 더 어색해 진다
모양새도 없고 ...가장 과학적이라고 하는
우리 말이 그 빛을 잃어 가는 느낌, 각자 소리 나는 대로
발음하는 건 이해해도 기록할 때는 문법에
맞게 해야 하지 않을까

(2025 09 09 서울에서... 이상록)

265. 감사의 열매 ... 이 상 록

까똑
까똑

잠자고 있는 나를
깨우는 소리, 그래, 그래도
고맙다
그 소리
듣고 일어나 오늘도 살아있음에
감사 ―
맘을 공유하는 그대가 있어
감사 ―
뜰에서
어머니 그립다고,
하루가 다르게 쑥쑥 커 주는 민들레가 있어
감사 ―
앵두나무,
잡초, 빨간 잠자리
옥수수, 매미, 수탉, 참새, 감나무 ...
내 마음 앞에서 모두 함께 잘 어울려 잘 커주니
감사, 오늘 하루도 고마웠어
물속에서도 감사, 산길에서도 감사, 꿈에서도 감사
그 말이 하늘에 닿으면 한계령 머루알,
계곡물 타고 흘러 흘러 우리 집
우물가에 이르러 꿀물로
흐르겠지요

(2025 08 04 서울에서... 이상록)

266. 모 험 … 이 상 록

한 계절이
모기, 파도에 밀려

산등선 넘어와
시 쓰시는 소엽 누님 눈길 따라
소이 시인님 발길 따라
옥수수 익어 가는
외딴 마을 소년의 집 뜰에
풀잎으로 머문다

밤나무 아래
깃든 어머니 그림자
달빛으로 녹아, 땅에 묻힌 한 줌의 그리움
꾀꼬리 소리타고 흐른다
젖은 마음 바람에 묻고
하늘 높이 날아가리
빨간 마음
나,
개미 등타고
감가지 끝에 머무는 붉은 향기—
저기 바다가 보인다
헤엄치는 아이
저 소년 —
덜 익은
캘리포니아 해변으로 가고 있었다

(2025 09 09 서울에서.... 이상록)

267. 여름을 지우다 ... 이 상 록

햇살 쏘아대는
한여름에도 쉬지 않고 울어 대는 매미

밤에도 / 낮에도
길 지나가는
한 사람이 그 소리 긴 편지에 담는다

떠난 옛사람
내 편지 받았을까

기다림 끝에 다가온 건
풀숲에서 찔뚝 꺽어 울어대는
귀뚜라미 소리뿐, 소식은 돌아오다
강가 버들가지에 걸려 넘어졌을까

소나무 아래서
철새 날아가는 먼 하늘을 바라본다
여름은
작은 귀뚜라미 소리에 잠들고
오케스트라
합창단 지휘자의 손길처럼
바빴던 매미—
보름달 뜨는 저녁
나 몰래 혼자 긴
이별주를 마시고 있었다

(2025 09 10 서울에서... 이상록)

268. Flushing 7 Train

... 이 상 록

Flushing, Queens
매인 스트릿에서 지하철 7 Train

노래 부르며
꿈틀대던 지렁이 할아버지가
두고 가신 신발 하나
녹슨 철로 위에서
오늘도 시(時)에 시(詩)를 담는다

터덜터덜 후들후들
그래도 날 싣고 가는 기차

물 한잔
대접 못한 나 ―
창밖으로 보이는 알 수 없는 낙서들...

지렁이 인가
담쟁이 인가

벽타고
오르는 그들만의 생각
세상을 향한 낯선 몸부림

나도 한 가닥 뽐어내는 손끝 예술가라고...
처음 본 글, 그림, 낙서 같은 장난
오기, 고독, 이별, 향수
나그네 설움
한풀이...

거리는
골목길에서 서성거리는
낯선 여인네들의 눈빛처럼 어지럽게 피다 지고

허름한 철길을 따라
Flushing 7 Train은 오늘도 달려가고 있다

그곳을
떠난 나를
알아보는 건 그래도
너, SEVEN Train 아닐까

멀리 떨어진 곳에서
그곳 도시 숲속 마을을 들여다본다

조용한 거래
전철 안에 뿌려진 첫 키스
떠올리며 겨울 산을 오른다

타임스퀴어
엠파이어
허드슨 물새들, 자유의 여신상
그리고
내 친구 Steven, Groove
모두 내 그리움 속에 머물다 구불구불 휘어진 철로 위를
따라가고 있었다 저기 저것,
아, 로렌스 공원이여!
쎄븐 추레인이여!

(2025 09 11 서울에서... 이상록)

269. 찔뚝, 꽃이되다 … 이 상 록

풀 바람 지나간 곳에
시냇물이 흐르고
천둥소리에 떠밀려 섬이 된 자갈밭에서
잡초 뿌리 몇 개 붙들고
살아가는 교회 종소리, 마을 지나 내 마음 지나
조용한 마을 찔뚝, 대치리 산기슭에 눕는다

오늘도 병하는 목발 짚고
다리 하나 잃은 사슴처럼 헛발질하며
학교로 걸어가야 한다
비가 오는 날, 청개구리가 울고
바람 부는 날, 꾀꼬리가 우는
햇살도 찾아가지 못하는
먼 먼 외딴 마을,
늘 벼랑 끝에 서서 하루를 연명해 가는
두 운명 —
저 낮은 폭포수에
언제 떨어질지, 폭우에 언제 쓸려 갈지…
하루가 아슬아슬
그래도 불평불만은 없다
언제나 달빛 웃음이다
교실 문턱에서 넘어진 건 또 몇 번이었을까
부러진 곳에 또 부러지고
이젠 성한 곳은 없다

디딜 곳은 허공뿐,
허공을 딛다 또 넘어져
살기 위해 태어난 것이 아니라
넘어지기 위해 태어난 반 친구 병하 —
그래도 부모님 원망은 없다
누구의 잘못인가 하늘은 대답 없고
답 가르쳐주는 선생님도 허공만 쳐다볼 뿐
친구가 넘어질 때마다 제일 먼저 웃는 건, 병하 자신이었다
왜, 왜 그랬을까
그 물음에 나는 그저
시장에 팔려 가는 황소의 눈물뿐
비, 비는 또 오고 있는데...
개미 섬 그 강가 그 교회, 산 너머 병하
모두 한낮의 아지랑이, 내 기억 허름한 숲속에서
지렁이와 머문다
뒹군다
아직도 그곳에 있을까
어디선가 들려오는 까맣게 타다 남은 소리
불길한 예감에 전화번호를 찾는다
세월에 녹쓴 흑백 사진뿐
그 속에서 또 일어서려고 하는 친구의 그림자
찔뚝, 꽃이되다

(2025 06 09 이 상 록)

270. 길 위의 사랑 ... 이 상 록

학교에서
돌아와 집으로 걸어오면
저 멀리서
날 알아보고 쏜살같이 뛰어오는 한 녀석
에그, 걸어와도 되는데...
왜 그렇게 숨 가쁘게 미친 듯이
뛰어오는 거니
속으로
그렇게 말을 하고도 마주친 녀석을 보면
이 세상 더 할 수 없는 기쁨과
행복을 느낀다

그래
몇 시간 못 봤다고
아예, 길바닥에 드러눕는다

허허
이럴 수가
내가 이렇게 좋아
나도 덩달아 길 위에 누워
서로 끌어안고 뒹굴어 본다

살살
배도 어루만져 주고,
눈도 맞춘다
얼굴을 비벼 대기도 했다

내 엉덩이까지
커준 녀석의 그림자
아직도
나를 스쳐 가는 것은
미친 듯이 달려오는 것, 껑충껑충
뛰어오르는 것, 길바닥에 눕는 것

좋아도
좋아하지 않는 척
기뻐도 기뻐하지 않는 척
사람의 속 마음과는 달리 있는 그대로
맘 그대로
속을 다 보여 주는 너

고맙다
반갑다/그립다

온몸과 맘으로
달려드는 그대, 삿뽀르 숙녀여
나도 너를 좋아했지만
그대만큼 크게 높게 깊게 뛰지는 못했구나
사랑은
뛰어가는 것/ 높이 오르고 또 오르는 것
끝내 길바닥에 드러눕는 것
서로 마주 보는 것 / 언제나 반가워하는 것
졸졸 따라 가는 것
칭칭 감는 것

(2025 09 11 서울에서... 이상록)

● Time flies.

*Missing someone
will be the first step to Love.

제 3부 ....

(시 271~285편)

During my childhood,
I frequently saw a head of sparrows
playing on the yard or streets
near the house
that my parents built.
What kind of birds do you like ?

271. 밤나무 ... 이 상 록

날 두고
쪼르르 굴러가는
너 —

밤에도
낮에도 뚝 뚝
땅에 떨어지는 기분 어떠니

조금 아파도
조금 외로워도
홀로 선다는 건
어른이 되어 가는 것

자유가
많다는 것은
멀리 떠날 수 있다는 것
굴러갈 수 있는 데까지 굴러가 봐
함께 가주지는 못해도
맘으로 눈짓으로
날아갈게

나처럼
식솔 많이 두려면
땅속 깊이 들어가길 바란다
내 마음
거기 묻혀 있으니까

....

(*2025 12 18 서울에서... 이상록)

272. Waltz (월스) ... 이 상 록

쿵~ 짝 짝
쿵~ 짝 짝

영국 황실에서
울려 퍼지는 노래 가락
바다 물속
연어가 주어 왔을까

쿵~ 짝 짝
쿵~ 짝 짝

절세 미모의 공주들
천사의 옷을 입고 서쪽에서 동쪽으로 원을 그려간다
빙빙 돌고 돌아 원형 운동장
새로운 우주 질서 속에서 거대한 예술이
물결처럼 여울져
율동, 노래, 빨간 마음
그곳 사람의 온기가 뜨겁다
닫힌 마음이 열리면서
월스 (Waltz) 한 곡에 우린 한 마음,
먼~ 바다 갈매기
Sinkinson 부부
물결 흐르는 대로 갈대밭 물결 그대로
너와 나, 그대, 우리 모두는 파도 따라 물결 따라
문어처럼 감아 꿈틀 덴다
그 바다에서...

(2025 09 11 서울에서... 이상록)

273. 송아지 (calf)

... 이 상 록

상록아,
상록아,

에그
우리 아버지 또 날 부르신다
예, 아버지
고추밭에 송아지 뛰어 들었다
어서 빨리 가서
붙잡아 와—

예, 아버지
허허, 고추밭이 놀이터

이걸 어떻게 해야 하나
세상이 신기 한 듯, 망아지 뛰듯 뛰어다니며
이맛 저맛 간을 본 것이다

발끝으로
본 맛이 어땠을까
봄 여름 지나, 다 자란 고추나무 모두
병원에 가야 할 판
부러진 다리
이을 수 있을까
고추나무는 말없이 매운 눈물만 밤새
흘리고 있었다

(2025 09 11 서울에서... 이상록)

274. 바다 친구들

... 이 상 록

유월이
샘제산을 넘어오면

우리
5학년 반 친구들
설레는 맘, 산보다 높고 강보다 푸르다

아,
유월이여

이 뜨거운 피
이 솟아오르는 욕망, 누가 저지하리오

천둥이 몰아치는 날에도
비바람 후려치는 날에도

우리는
가는 곳이 있었다/가야만 했다
누가 뭐라 해도 우리는 가고 또 갔었다

보리밭
살구나무, 두더지 몰래
구불구불 지렁이 지나간 비탈길을 미끄러지듯

아카시아 해안선
그곳에 아버지가 숨겨둔 바위와 전복
내 어린 시절 이야기

그 바다
그 바다에는
외로운 섬 하나

저기
말로만 듣던 저 바다가
우리 집 어미 소처럼 누워
때론, 어머니 맘으로 손짓을 했다

바다 물속에 들어가 조개와 숨바꼭질
지금쯤, 소라, 조개, 새우 그리고 12마리 해파리,
아이들의 웃음소리 그리워 하겠지요

순식, 세모,
창욱, 상범,

비가 오나
까마귀 검은 구름 몰고 오나
바다로 간다
그 여름 바다, 작은 바위틈에 숨어 사는
착한 성게—
아직도 살아 있을까
넷 아이들
어디서 무엇을 하고 있을까
저 바다 여전히 푸르게
손짓하고 있는데...

(2025 09 11 서울에서... 이상록)

275. 상 술

... 이 상 록

10여 년 전
미국 Flushing
기차 맨 뒷칸에 실려 왔을까
중국인 마트

그래도
큰 가게였고
많은 물건이 소리없이 자리를 지키고 있었다
그중에
내가 보고 산 것은
손가락 크기 강력 접착제 —
오리걸음으로
집에 돌아와 하나하나 뜯어 보았다
10개 중 5개
바람만 들어 있는 빈 껍데기
자세히 들여다보니
"Made in China"
허허 —
큰 땅에서 여기까지 왔구나
마누라도 가짜라는 말
이젠 믿어야 할까
7월—
구름 낀 어느 날
산비탈 미끄러져 흘러내린
누런 빗물, 어느새 내 속에서도
흐르고 있었다

(2025 09 11 서울에서 ... 이상록)

276. 국어 선생님

… 이 상 록

세월이
강물처럼 흐르고 흘러 어디쯤
가고 있을까

가다가 멈춰
낚시질하고 있을까/시를 쓰고 있을까
안개 낀 저 강가에 국어 선생님

선생님,
심중구 선생님,

노송 무게만큼이나
강의 내용이 크고 높고 푸르다

칠판에 쓰신 글씨는
추사 김정희 선생님 제자인 듯
내 짝사랑 소녀의 눈빛만큼이나 빛나

모두에게 사랑과 관심을
하나하나 찍어 그려 올리는 눈빛 그것은
마을과 마을을 잇는 무지개
아이들에겐
목화솜처럼 하얗고 은혜로운 강의
아침 이슬

선생님,
심중구 선생님,

지구 하나를
키워 가시는 국어 선생님
우리 집 옆 무밭을 지나 감나무 돌아
작은 산 아래
대나무 숲속, 통나무로 지은 집

당투지 나무
그늘 베고 누워있는 현북중학교

강단 아래서
쏟아지는 질문
먼 태양에서 햇살이
지구에 도착하려면 얼마나 걸릴까
국어 시간보다
더 깊어지는 과학 시간
이따금
스쳐 지나가는 산 비둘기 우는 소리
뒷산 —
대나무 숲에 떨어질 때면
국어 시간은
말 보다 빛난 침묵이 흘렀지요
옥수수빵 —
그것은 유엣세이 따뜻한 언어, 구호품 —
당투지 나무는 다 알고 있지요
그 시절 현북중학교
반 친구들 —
선자, 상훈, 상원, 덕수, 양래..
명순...

(2025 09 11 서울에서... 이상록)

277. 작은 창조

… 이 상 록

양양
시골에서도
미국 뉴욕에서도

한 번도
본 적이 없는
아주 작은 날 파리 보다
작은 녀석
2024년 서울 내 안방에서 처음 본다

아마도
과일 껍질에서…

아무리
소독해도

이리 저리
제집인 양, 방안에서
날 보며 빙빙 돌기도 한다
물식물에 앉아 뭘 먹기도 한다

눈에도
잘 보이지 않을 만큼
작은 녀석
그래도 나보다 하나 더 가진 게 있다
날개 ㅡ
허허 내 웃음도
날아간다

요—
조그마한 녀석

눈도 다리도 입도 배도 머리도 코도…
있을 건 다 있었다

참,
신기하다
놀랍다

깨알보다 작은
공간에 모든 게 다 들어 있다니…
우주보다
더 정교한 네 모습 앞에서 신의 손길을 본다

뚝방 하나 넘어
중랑천에 이르면 물이 흐르고
그 속에 붕어, 잉어, 미꾸라지가 살고

저기 보이는
아차산 너머에 산 비둘기도

삶은
어디서 시작해서
어디로 가는 걸까
네 작은 몸집에서 큰 우주를 본다
신을 본다

(2025 09 11 서울에서… 이상록)

278. 푸른 언어

… 이 상 록

bison
비손이라
발음하지 않고 "바이슨"이라 발음한다

Arkansas
알칸사스 라고 읽지 않고
"알칸소" 라고 읽는다

Brox 브롱크스 라고 말하지 않고
"브랑스" 라고 말한다

미국 사람들
이런 언어를 가지고 어떻게 살아갈까
말로는 세계언어라 해 놓고
실상은 이렇게 다르게 발음하고 있다
이러니
미국에서
살아 보지 않은
사람들은 어떻게 제대로 소통할 수 있을까

우리말을 보자
"백두산"
백명이든 천명이든
한글을 배운 사람이라면
누구나 또렷하게 "백두산" 이라고 발음할 것이다
우리 언어의 정확성, 과학성 놀랍다
그런데, 실상은 또 어떤가

얼마 전에
어떤 사람을 만났는데
자기 집 아파트 이름을 기억하지 못하고 있었다
주민증을 들여다보니
13자나 되는 긴 해괴한 아파트 이름,
영어인지 불어인지
조각조각 낱말 갖다 붙여놓은 지렁이 문자
혹자는 그랬다
아파트가 고급스러워 보이려고
시골 시어머니가 못 찾아오게 하려고...
러시아, 영어, 불어, 독어 ...
길고 가시 돋친 모난 아파트 이름들...
이를 어쩌나
자유라는 명목하에
이름이 자유롭게 날아 다니고 있다/어지럽다
러시아 긴 이름이 유행일까
혼탁하고 이상한 나라가 되어 가고 있음을
나만 느끼는 걸까요
파란 것은 파랗다고 발음하자
외래어로 된 긴 아파트 이름
어디까지 끌고 갈까

"동대문역사문화공원역" —
너무 멀어서가 아니라, 너무 길어서 슬픈 하루
"**동선수역**"도 있었고
서선수역도 있었는데...
긴 이름 앞에서 피곤한
하루 —

(2025 09 11 서울에서 ...이상록 양양시인)

279. 밤 10시 (2025) ... 이 상 록

나는
꾸준히 글을 쓰고 있다

아주 중요한
내 일생에서 몇 번째 가는
중요한 시간 —
밤 10시 앞에서

총 343편의 시를 쓰고 있는
이 순간
17편의 시가 더해지면
시집 6권이 탄생하는
의미 있는 12월이 될 것이다

내가
태어난 시도
바로 이 시간
참으로 고마운 순간
시를 쓰기 위해 태어난 것은 아니지만
시와 나는 좋은 궁합
내 속에 그리움 꿈틀 거리면
난, 고추밭 쇠비름
가끔, 구름이 뿌리고 간 하늘의 언어
내게로 다가오지요
햇살도, 바람도
저 달도...

(2025 09 11 서울에서.. 이상록)

280. 삼원정 (삼원가든) ... 이 상 록

1976년
강남 신사동에 개점한 우리나라 대표
한식 전문식당
삼원정

1995년 쯤
신당동 소방서 근처에서 한 여성을
알게 되어
식사 대접을 받게 되었다
나를 오라고 한 곳이 바로 강남 신사동 삼원정
그곳에서 무엇을 먹었는지
자세한 기억은 없지만 아마도 한식 한 상을
푸짐하게 받았을 것이다

아무것도 모르는
시골 촌사람을 이렇게 크고
멋스런 고급식당으로 초대를 했다니...
지금 생각해 봐도
너무나 과분한 대접, 결혼에 이르지는 못했지만
어쩌다 그 식당 앞으로 지나가면
그 여성분이 떠오른다
뚜렷한 이별 이유도 남기지 못한 채,
우린 서로 차가운
겨울 속 안개
그 후 많은 세월이 흘렀어도
좀처럼 그 사람이 잊혀지지 않는 것은 그분의
따뜻한 언어와 진실이 나를 감싸 안고
돌기 때문인 것 같다

당시 님은
잠실 주공 아파트
그 주변엔 은행나무
재개발 언어가 무르익어 갔다

지금 그곳은 엘스 아파트
동문 서문 북문 40층 키 큰 아파트
혹시 그 숲속에서
날 기다리고 있을까

가을
2025년 9월 12일 아침 6시
붓을 세운다
어젯밤 일산으로 가 선물 하나
돌아오는 길목에 잠시 멈춰, 가을 하늘이 빚은
숲속을 들여다보았다
요란했던 매미 소리는 간데없고
작은 귀뚜라미가 풀숲에서 알 수 없는 노래만...
하늘은 초롱초롱
구름은 둥둥
멀어져 가는 그때 그 사람의 음성은
어디쯤 머물러 있을까

낮게 뜬
달빛 아래서 한 사람이 뿌리고 간
긴 여운의 그림자
찢긴 영화 포스터처럼 바람으로 흔들리며 내게
천천히 다가오고 있었다

(2025 09 12 서울에서... 이상록)

281. 인 삼 ... 이 상 록

1970년대 겨울은
길고도 추웠고 눈도 많이 내렸다

특히 강원도, 파도치는 양양
바람은 늘, 눈같이 차가워, 인근 겨울 바다를 힘들게 했다
파도는 육지로 쳐들어 와 모두를 집어삼킬 듯
그 기세가 사자 같았고

나, 소년은
추위에 약해 늘 닭살이 돋곤 했다
1986년에 서울 올라와 혼자 겨울을 지낼 때
바람은 없고 사람 사이 고드름만

병은
자랑하라 —
어디서 물어온 반 토막 비둘기 소식

**"인삼을
좀 먹어 보시오"**

생인삼 하루 1뿌리, 주 3회
연속 6개월을 먹고 보니 몸에 열이 많이 생겨
그 후 40년 넘도록 닭살은 안 보이고 ...
참 신기하기도
내 약점을 자랑했더니 처방전이 날아 온 것
살아있는 인삼—
뿌리의 맛은 쓰고 썼다/고약했다
그래도 참고 참아

지금까지
행복의 맛은 모락모락
산허리 감고 휘도는 선녀들의 무희

난, 남자
4월부터 10월까지는 더운물로 샤워하지 않는다
개스 반쪽... 우리집 방안엔
늘 반달이 뜬다

땅속에서 자란 인삼
어두운 곳에서 의술을 배웠을까
내 몸속에 들어와
나를 어루만져 주고
오도독 돋은 닭살도 녹여주고
어제의 내가 아닌
오늘의 나, 새로운 나, 미래의 나를
인삼—
고려, 풍기, 강화에만 머물지 않고 어디든 달려가는
그대 —

따듯한 어머니 품 같아
춥고 매운 칼바람 겨울이 온다 해도
이젠 다 봄인 것을...
봄 봄 봄
아, 내 속엔 겨울은 없고 작은 언덕에서 늘 피던
시골 살구나무 한 그루가 내 속에서
자라고 있었다

(2025 09 12 서울에서... 이상록)

282. 시 상 식

... 이 상 록

내 맘에
쏙 드는 신발 하나 주문

혹시 모를
모임이나 행사를 대비해서...

며칠 기다렸다
찾아와 신발장에 예쁘게 포장해 두었다

세월은 흘러 5년

모처럼 시상식에 오르는
날짜가 가까이 다가와 잘 모신 포장지를 풀어
까만 구두를 꺼내어 보았다
그렇게 튼튼했던 신발

그런데, 이게 뭔 일
논바닥 거머리 뱃살처럼 물렁물렁 흐물흐물

그동안 외롭게 했다고
외출 한 번, 안 해주었다고
갇힌 작은 공간에서 소리 없이 울고 또 울었나 보다

구두 밑창이
안녕이라는 인사말 대신,
작은 항거나 하듯,
마디마디 부품 하나하나를 몰래
물어뜯고 있었다

갇힌 자의 항변
아,
그동안
믿고 있었는데 이럴 수가

좋은 일
하루 앞두고
곱게 모신 구두 한 켤레

몸에서
이어 붙인 마디 마디가
모두
긴 이별을 고하고 있었다

저녁달은
어디 가고
내 밥상 위로, 미꾸라지 한 마리가 흘리고 간
굽은 그림자만 꿈틀 거리고
있었다

(2025 09 12 서울에서... 이상록)

283. 여인의 목소리

... 이 상 록

잠자고 있는
나를 깨우는 한 통의 전화벨 소리

찌르르 콩, 찌르르
찌르르 콩, 찌르르

빠른 템포의 리듬이
파도를 타고, 내 잠 주위를 빙빙 돌고 있었다

얼떨결에
폰을 들어보니...
여보세요 여보세요
중년 여인의 목소리가 나를 끌어안고 있었다

경주 말 보다
더 빠르게 이어지는 말
따발 총소리보다 더 빠른 일장 연설

내가
끼어들어 갈 틈이 없었다
대화란
독주가 아니고 쌍방 통행이 되어야 할텐데...
폭포수처럼 쏟아지는 말
결론은 아주 좋은 생명보험
암보험을 들라는 것
위급 시 생명을 연장해 주는
보험, 꼭 필요하고
고맙지요

그동안
잊고 살았던 나의 신
2019년 8월 18일 자로 다시 돌아와

지극히
거룩하신 하늘의 신,
우주 만물을 지으신 신 앞에
모든 걸 고백한 난, 세파에 일그러진 난, 탕자

다시
새로운 길을 걷겠다고 / 다시는 떠나지 않겠다고
돌에 새긴 모세의 10계명처럼 —
언약 위에 언약

생명을
연장해 주는 암보험은
내겐 늘 보는 동산 위에 보름달
왜,
더 살고 싶지 않는가
사람의 수명은
옛 어른도 하늘에 있다고 했다 (인명재천)
하늘신을 믿지 않으면서 어떻게
그런 말을 했을까

놀랍다
그렇다

생명을
늘리고 줄이는 것 —
하늘에 있다 나의 확신
사람의 의술도 보험도 좋지만

그런 것에
의지하고 싶지 않아
나고 죽음이 다 하늘에 있다고 믿는 나로서는
좋은 보험도 이젠 철 지난 복숭아꽃

자동차
수명이 끝나면 폐기 되듯
살 만큼 살면 가야 하는 자연의 법칙, 하늘의 법칙
억지로
의술에 의지해서
생명을 조금 더 연장한들

하늘의 신
신의 택함을 받은 모세
70만 이스라엘 민족을 이끌고
가나안 땅으로 인도해 가는 지도자 모세
그는 80세 노인으로 이스라엘 지도자가 되었고
그 후 광야에서 40년 천막생활을 하다 120세, 하늘의 부르심을 받고
산에서 생을 마감했다
젖과 꿀이 흐르는 가나안 땅, 약속의 땅,
그곳에 제 발로 들어가지는 못했지만, 신은 그를 높은 산꼭대기 위로
불러, 저 멀리 가나안 땅 모두 보여 주었다
120세 노인이
어떻게 저 멀리 떨어져 있는 가나안 땅을 다 볼 수 있었을까
산 토끼가 물고 온 편지 속에
"그의 기력이 하나도 쇠하지 아니 하였더라"
오~ 이 거룩한 구절 앞에서
나는 또 한 번 큰
무릎을 꿇는다

(2025 09 12 서울에서... 이상록 작가)

284. 밝은 삶

... 이 상 록

세상은
반반으로 돌아가는 것 같다

태양은
낮에 반 일하고
달은 밤에 반 일하고

선과 악,
좋고 나쁜 것이 어디 있으랴
아름다운 세상 다 좋은 것 뿐인데
그래도 사람 사이에 선악은 흐른다 차가운
겨울에도 봄바람은 섞여 있듯

만나 대화하고
집으로 돌아와 힘이 솟는다
용기가 솟는다/ 살맛이 난다/ 기쁘고 행복했다
스트레스가 확 풀렸다/ 격려와 칭찬을 받았다
위로와 자문을 받았다
내 문제를
자기 문제처럼 풀려고 했다
내 잘못을 살며시 지적해 주었다
이 정도 선에서 사람을 만나고 대화하고 차 마시고
같이 시간을 보낸다면 필시 좋은 인연 —

작은 흠집도
늘 크게 확대하고
주위를 시끄럽게 하는 사람
뒤에서 흉보는 사람 / 남의 성공을 시기 질투하는 사람

감사할 줄 모르는 사람
언제나 얻어먹기만 하는 사람
안부 인사 한번 안 하는 사람 / 답장 안 해주는 사람
상대 입장을 고려하지 않는 사람
자기밖에 모르는 사람 / 자기 말만 하는 사람
자기 고집대로/ 습관대로 행동하는 사람
따지기를 좋아하는 사람/ 남의 약점을 파고드는 사람
늘 이용하려는 사람/ 돈 투자 하라는 사람
자주, 돈 빌려 달라고 하는 사람

크고 작은
많은 유혹과 위험 속에서
우리는 지혜롭게 대처하며 살아가야 한다
선이 선을 낳고 /악이 악을 낳고
보다 밝은 삶을 유지하려면 **"악을 멀리 하거나 이를**
피해야 한다" (Keep you far away from the evil, or avaid it.)

나부터 선을 행하자
베풀자 /겸손하자 /혹 내게 손실이 와도
너그러이 봐주고 잊자 / 칭찬하자 / 격려하자
도와주자 / 먼저 인사하자 / 덕을 쌓자

"돈은 빌려주지 말고 거져 주어라/이자도 받지 마라"
이건 하늘에서 내려온 거룩한 말씀, 꼭 기억하자
우리 모두 날마다 행복한 하루를 ...

(2025 09 12 서울에서... 이상록)

285. 큰 웃음 ... 이 상 록

누가
버린 땅일까

모기가
지키고 있는 한 뼘
풀숲에서
이름 모를 꽃 피어있다
이런 꽃도 있었구나
내가 모르는 녀석을 보면서 귀엽다고
말해 주었다

작은 꽃
수백송이 여기저기
꿀벌이 다가와
키스만 잠깐 잠깐하고 스쳐 지나갔다
꿀을 따는 게 아니라
선거 유세하듯 마른 악수만 하고 지나갔다

나는
맘으로 악수를 건냈다
신기했다 처음 보는 꽃—
가장 작은 꽃 —
아무도 봐주지 않는 곳에서 가장 행복한
웃움을 짓고 있는 너 —
내 속에서 작은 꽃이
피고 있었다

(2025 09 16 서울에서 ... 이상록 작가)

● The Happy Moments In New York

*Near Lawrence Park

* 2000~ 2011 New York

제 4부 ....

(시 286~300편)

제목 : 맨하탄 달빛 여인

A lady passed by
my apartment almost
everyday in the morning.
As I was overwhelmed by her stunning
appearance I could not do anything at that time.
But it became one of my biggest
memories.

286. 아 담 아 ,

... 이 상 록

도시 여름
밤 지나 새벽까지 일하고 나서
집에 들어와
난, 세수도 밥도 걸은 채
아무도 모르는 깊은 두더지 잠에 취해 버렸다
습관처럼 해온
출, 퇴근 예배—
성경책은 내가 무서웠는지 저쪽 구석으로 도망치고
술 취한 사람처럼 큰 십자가로
난, 누워 있었다

에고,
이놈아
하늘에서 떨어진 벼락같은 소리
일어나 보니 예배는 커녕
나도 모르는 깊은 잠에 빠져 있었던 것—
실 하나 걸치지 않은 내 몸
먼 옛날 아담이었다

상록아,
상록아,
네, 어디 있느냐
그래도 십자가는 그렸으니 용서는 될까요
벌거벗은 내 마음, 하룻밤—
꿈속에 숨는다

(2025 09 16 서울에서 ... 이상록)

287. 황소 꿈

... 이 상 록

숭어 입에서
불쑥 튀어나온 여름밤

물 깊어
속 살은 어둠이다

이리저리
헤엄쳐 다닌 내 영역
뉴욕시보다 클 것이다

강가에
밤 짙어 가는데...
하루 품앗에
씻겨간 내 영혼, 밤거리에 할퀸 내 노동의 시간들...
집에 돌아와 계산할 틈도 없이
침대에도 이르지 못하고
바닥에 눕는다

부엉이 졸고 있을 때, 꿈속에
황소 두 마리, 내 방에 들어와 큰 거 한방, 작은 거 한방
여기저기 응모작 발표 앞두고 이 무슨 일?
이번에도 토끼는 돌아오지 않고
귀뚜라미 소리만...
강가에 붉은 노을 아롱져 흐른다
계곡을 빠져나와 저 허드슨
강가에 나도 이를까

(2025 09 16 서울에서... 이상록)

288. 하 얀 새 ... 이 상 록

바위샘
산 계곡 타고
굽이굽이 흘러 마을 사람들의 사연을 모아
중랑천에 쏟다

멀리서 온
손님 어디서 날아왔을까
하얀 새
물심을 읽고 있는 듯
하루종일,
산 하나를 바라보고 있다

먹을 것을 두고도
아무것도 먹지 않는 저 하얀 새
무슨 생각

다리 사이로
흐르는 물살 따라 맘 가는 것일까
그냥 보내는 것일까
생각만
저렇게 오래도록...
마른 예술인가

저 하얀 새 —
시 한 줄 써 놓고 ...지는 해를 따라 어디론가
날아가고 있었다

(2025 09 16 서울에서... 이상록)

289. 귀 있는 자

... 이 상 록

거미 한 마리
허공에 매달려 엉덩이 실을 뽑아
줄을 치고 있었다

기둥 하나
박지 않고 집을 짓다니
설계사도 곡예사도 울고 갈 일이다

허공에서
바쁘게 돌아다닌다
결코 추락하는 일은 없었다

누가
가르쳐 준 기술일까
아버지 초가지붕 이으듯
허공에서 그물 치고 있는 거미 한 마리

신일까
곡예사일까

숲속 모기야 조심해라
안 보인다고 / 없다고 / 멋대로 행동하지 마라
내 말 잘 들어다오

귀 있어도
듣지 못하는 자가 많구나

(*2025 12 20 서울에서... 이상록)

290. 가을 손님

... 이 상 록

보따리에
뭐가 들어 있을까

해마다
가을이 오면, 우리 집을 찾는 한 중년 여인

아버지와 그 여인의 말소리
내가 엎드려 공부하고 잠자는 방 문틈으로
살며시 들어온다
그냥
들려 오는 소리
한밤중 바람결에 숨소리 흔들리는 소리
나는 관심 없이 책을 보다 깊은 잠에 취한다
꿈에서, 아버지와 그 여인의 목소리가 보였다
풀숲에 숨어 익은 누런 호박 한 덩어리
송아지 뒷발차기에 치여 우리 집 부엌으로 굴러들어 왔다
칼을 들고 요리를 한다
속 마음 다 베어 내고 겉살만
아궁이 불에...
방 안이 더워 일어나 보니 아버지도 그 여인도 어디론가
사라지고 호박죽 한 그릇이 날 기다리고 있었다
아버지 맘 / 그 여인의 맘
집 앞 감나무에서 떨어지는 소리
에그 —

(2025 09 16 서울에서... 이상록)

291. 비러스윗(bittersweet) ... 이 상 록

아버지 따라
산 넘어가 논으로 들어갔다

오월 햇살은
벌침으로 쏘아대고
논바닥 뻘에서는 검은 거머리가 살금살금
헤엄쳐 내 허벅지를 타고
쓴 사랑을 고백한다

아무것도 모르면서
당해야 했던 나의 어린 시절 푸른 노동

통나무 등에 지고
산언덕 12고지를 넘는다
내 등짝에서 큰 강물이 흐른다

산속 물을
어미소처럼 마셨다
하마보다 큰 행복이 다가왔다

마루에
누워 하늘을 본다
내 몸속에서 강물이 또 흐른다
물은 우리 집 앞마당에서
돌고 돌다 날 삼키고
있었다 ―

(2025 09 16 서울에서... 이상록)

292. 산 너머 비둘기 ... 이 상 록

상록아
상록아

예,
아버지
학교 갔다 돌아오면
방추골 밭으로 오거라

예, 아버지
대답은 감나무 구멍에 밀어 넣고
학교로 간다

학교 선생님 말씀
하나도 들려 오지 않고
산골짜기 비둘기 우는 소리만 들려 왔다

하얗게 ~
하얗게 잿빛으로

한 글자, 두 음절
하루 종일 비둘기 노래, 구~구
그게 무슨 뜻일까

수천 단어
수만 단어도 부족해서
193.700 단어를 수록한 에센스 영어 사전
사람은 바보인가 보다

한 단어
가지고도
평생 살아가는 산 비둘기 ㅡ

구구~
구구~

한 단어면 족하지
무슨 말이 그리 많을까

어떤 동물은
평생 말 안하고도 살아간다

말 안 하는 게
좋다는 건 아니지만
너무 말을 많이 해도 싱거워 보여

천 가지
만 가지 뜻을 풀어내는
저 비둘기

오늘도
구구 ~
산, 넓은 가슴으로
묵묵히 들어 준다 함께 살아가는
어울림의 법칙, 산 아래서
배운다

(2025 09 12 서울에서... 이상록 소년)

293. 보라빛 기도 ... 이 상 록

카톡
카톡

누구 소리
폰 열어 보니, 미사리 사는 친구
서예가 금서, 사진 한 장
풀잎 사이사이
혼자 피어
흰 줄무늬에 보랏빛 얼굴
이름이 뭘까

자세히
들여다보니 "매 발톱꽃"
아, 이런 친구도 있었구나
아무도 봐주지 않는 쓸쓸한 풀숲에서
마음 모아 보랏빛 기도를 ―

사진 속, 매발톱꽃
이보다 더 예쁜 이름은 없었을까
뾰족한 발톱도 없는데...
이름 때문에 친구가 없어 보인다

아브람이라 하지 말고
아브라함이라고 고쳐 주신 하늘의 신,
"너는 만인의 아버지가 되리라" 수천년 지나 보니
그는 만인의 아버지가
되어 있었다

(2025 09 12 서울에서... 이상록)

294. 카톡의 예절 ... 이 상 록

하루에도
수십 번 울리는 카톡 카톡

아무튼 우리는
최첨단의 세상에서

우체국에 가지 않고도
서로 연락을 주고받을 수 있으니
이 또한 얼마나 편리한 세상인가
문제는
자기가 손수 쓴 글은 없고
모두 남이 다 써서 해 넣은 사진을
그대로 보낸다는 것
이것은 사람의 온기도 체온도 없는 생명 없는
종이 쪽지에 불과하다

내 생각 글로 써서
보내는 것이 그렇게 힘들고 어려운 일인가
멋진 그림보다 생화를...

내 뜰에 무엇이 자라고 있는가
심지 않은 것은 다 잡초요
엉컹퀴 뿐—
마음 하나 꺼내어 정원에 심어보자
노란 꽃, 빨간 꽃
그대 향기, 마음에 담아 손 편지
써 보내자

(2025 09 12 서울에서... 이상록)

295. 노랑 머리 ... 이 상 록

내 방안서
나를 늘 바라보는 한 사람

보기만 하지
말도 인사도 없다
그래도
멀리 있는 친구나 친척보다 더 좋은 것은
더 사랑스런 것은
무슨 연고일까

그렇다고
나를 안아 주는 것도 아닌데...
그래도 그 한 사람
오늘도 가까이 / 내일도 가까이
늘—
바라만 보고 있는 그 한 사람
이젠
사진 속에서
걸어 나와 나게로 다가와다오
호호/하하
알 수 없는 웃음 소리도 좋다
소리 내어 웃어다오
말하지 않아도
그 엷은 미소로 난, 이미 하루치 행복
냇가에 핀 장미가 이 시간
내 방에서 피고 있다

(2025 09 12 서울에서... 이상록)

296. Who am I? ... 이상록 (엘먼)

There are no
Sun, Moon, and Stars
in the village I live.
Who stole these?

There are no
Eyes, no Nose, no Mouth
in my body I have
Who ran away with these?

Darkness,
Moisture, and Calmness
in the place I stay
are filled like grains of sand.

I love resting
under leaves
or stones for a long time.

Even in soil,
I have been dreaming of seeing heaven.
Who am I?

---

*이상록 (엘먼) 양양시인 ...
2025 12 22 오전 10시 55분 ... 서울에서....

297. 버거킹 ... 이 상 록

만 오백원에
강남역 11번 출구 버거킹 안에서
햄버거를
20년 전에는 줄 서서 주문했는데...
이젠 기계가 주문받고 영수증도 처리
"Stay or to go"
라는 점원의 말도 사라질 것인가

잠시 기다려
주문한 버거를 들고 와 한입 먹어 보았다
노던 블러바 150가 —
그곳 버거킹 주인의 말소리가 들려왔다
Nice to see you again here.
나는 아무 말도 못하고
지난 추억 속에 잠시 잠겨 하얀 꿈을 꾸고 있었다
변해서 여기까지 왔구나
이젠
내가 변해서 그곳으로 갈 차례
시집 몇 권 들고 가는 맘 위에 쌓인 기쁨이 수박 속에서
벌겋게 익어 가고 있었다

Steven,
그 공원에 가면 볼 수 있을까
Lawrence Park
그대여

(2025 09 05 서울에서... 이상록)

298. 분꽃 이야기

... 이 상 록

길가다
가게 앞에서 눈 감고 서 있는 소녀

싫어/싫어
다가가 말을 걸지 않아도
수줍은가
말 못하는 벙어리인가
싫어/싫어
매사 싫다고만 할 건가
에그
겨란 좀 갔다 줘
저런 애를 어떻게 가르칠까
학교도 부모도
모두 고생 좀 하겠구나
그런 생각을 하고 다음 날 그 가게 앞으로
또 지나간다
그런데
이게 웬 일인가
눈뜨고 입 벌리고 얼굴에 웃음 가득
예뻐서 한참 들여다 보았다
이 곱고 예쁜 얼굴을 왜, 감추고 살았을까
그 길을 한참 벗어나면서
아마도
누군가가 예쁘다고 업어 갈까 봐 그랬을 것이다
정든 집을 떠나 팔려 가기 싫어, 말도 못하고
웃지도 못하고 일부러 밋상을 ...

세상
사람들이 무서워
그렇게 감추고 감추었을 것이다

그런 걱정
안 해도 되는데
착한 소녀는 여전히 세상을 믿지 못하고
밤에만 눈을 뜬다

햇살을
싫어한다
단지 그것 뿐 —

이른 새벽에
눈을 뜨고, 어두워지는 밤, 맘 문을 열고
햇살 비추는 낮에는
깊은 잠을 잔다

밤에 일하고
낮에 잠을 자는 나와 비슷한 너
내일은
내게로 다가와
네 속 이야기도 건네 주렴
분꽃 —
너

(2025 09 16 서울에서... 이상록)

299. 늘 더하는 인생

... 이 상 록

오랜만에
지하철을 타고 강남역으로 간다

왕십리역에서
한 번 갈아타고 가면 그만인 것을
중간쯤 지나 선릉역
미리 일어나지 못하고 엉덩이가 황소보다
무거워
의자에 착 가라앉는 쇳바위

잠시 후
몸을 일으켜 보니
어느새 서초역
내 청춘보다 빠른 지하철, 편히 가려다 두 정거장 더 간 것
다시 내려 방향 바꿔 강남역으로
오고 가는 번거로움 속에서 난,
강가 물새 소리를 듣는다
한국말 못하는
철새들

두 정거장
더하기 빼기에서
내 목표 지점을 찾는다
날마다 더하기만 하는 사람들 이젠, 강남역으로
가 봤으면...

(2025 09 16 서울에서... 이상록)

300. 오월 행진곡 ... 이 상 록

옥수수
쑥쑥 자라며
오월이라고 말하고 있네
가끔 그 말 베어먹고 사는 서생원 때문에
무거운 행군, 고난의 길 걷는 자, 오월의 축복을 보리라
서러운 계절은 가고, 이제, 연못가 개구리 앞에,
왕이 행차할 시간, 강하고 담대하자
큰 꿈을 이어가자
힘차게 달려가자
저 푸른 강과 산,
드넓은 들과 평야
오월은
전진하는 계절, 앞으로 앞으로
푸르게 푸르게
개구리 따라
잡초길 따라
뻗어 가는 자,
우리 모두 승리하리
땅에선 정직하게, 숲속에선 더욱 성결하게
때론 강하게 때론 부드럽게...
오월을 품자 / 오월을 노래하자
가자 / 달려가자
힛더 로 / 힛더 로
(Hit the road / hit the road)
(2025 05 25 서울에서... 이상록)

목차 ......

제 5부 ....

*** 미국 뉴욕**
애쉬 애번뉴의 추억

뉴욕 퀸스 애쉬 애번뉴
교회가 보여
마치 미국이 여기 있는 듯한 느낌
2000년 12월 23일 미국으로 가서
살던 마을
(*Ash Avenue 7, Queens, NY)

* Since the beginning
period of 1990 I have enjoyed dancing
Jitterbug, Blues, Jive, Tango in Seoul. I went alone
to the USA on December 23, 2000. Luckily I happened to meet
a great champion teacher at Universal Dance Studio sited on Main
Street, Flushing, Queens NY. It was a big fortune for me.
Almost 11 years I had spent time with him and his
students mainly from Monday to Friday
after 7p.m. Most people
have practiced learning 10 international
dances: Latin 5 and Modern 5 for competition. Almost
all of the moments I experienced in New York have been making
me happier and more plentiful until now.
I was a lucky man.

(*여기는 서울 장한평역 근처에
소재한 불랙플입니다
영국에서 이사 온 듯)

제 5부 (부록편) ....

1. 수필 이란 ......

맘가는 대로, **붓**가는 대로
자유롭게 글을 쓰는 것을 의미한다.
형식에 얽매이지 않고 자기가 보고 느끼고 체험한 것을
주관적으로 글을 진술 또는 묘사해 가는 문학의 한 형태이다
글에는 작가만의 독특한 개성, 향기, 힘, 스토리, 주제,
참신성, 독창성, 유머, 경구, 기교, 운율, 감동,
체험.... 등이 어울어져
독자의 마음에 감동을 줄 때 그 글은 더욱 큰 빛을
발하게 될 것이다
글을 매일 쓰는 버릇을 갖는 게 중요하다고 본다
요즘 카톡으로 문자 보내고
안부를 묻는 세상이
되었으니 얼마나 행복한 일인가
우표도 필요 없고 지우개도 필요 없는 공간에서 마음껏
자유롭게 내 생각 내 사상을 펼칠 수 있다
그야말로 Paradise이다 그럼에도 불구하고 남이 써 놓은 글이나
사진을 친구에게 보내는 것은 성의가 없어 보이고
예의도 아니다 당장 편할지는 몰라도 내내 이런 식이라면
내 필력에 아무런 도움이 되지 않는다
일기도 좋고 수필도 좋다 생각나는 대로 매일 꾸준히 글 쓰는
습관을 몸에 익히기를 바란다 (Slow and steady.)

(*시인/ 수필가 이상록 2026 01 02)

2. 수필 엿 보기 ...

* 수필1 ....

— 1. 미국 생활과 나의 신앙이야기

Flushing에서 살면서 주말에는 Koreana, 또는 꿈의 궁전에
가서 Korean Party를 즐겼다 한국에서 S.DANCE 하였으므로
현지 교포들과 자연스럽게 어울릴 수 있었다.
그들 직업은 주로 Nail shop이나 Laundry, Dry cleaner, Supper Market, 식당, 부동산, Hair Salon, Jewelry, Grocery store...등 다양했다. 타국에서 남보다 부지런히 일하는 근면성 때문에 그 어느 민족 보다. 일찍 자리 잡고 행복한 삶을 누리고 있는 것으로 보였다.

2000년도 미국 겨울은
눈이 많이 왔고 거리는 평화로웠다
가로수 나무는 50년 60년 된 듬직하고 교양있는 도토리나무가
즐비했고 그사이에 미국 다람쥐가
한가한 세월을 보내고 있었다.
한국 다람쥐와 다른 모습은 약간 크고 온몸의 색깔은 잿빛이었다.
사람이 다가가도 별로 신경 안 쓰는 모습,
어쩌다 고양이에 잡혀 물려 가기도 했다. 주말마다 아주 씩씩하게 건강하게 운동하고 가시는 70대 중반의 노신사 한 분이
갑자기 보이지 않았다 궁금해서 주위 사람들에게 물어보았더니 병원에서
수술 잘 못 받아 돌아가셨다고 했다. 어찌 이런 일이 발생 했을까?
그분과 한 번도 대화를 가진 적은 없지만
교양있고 잘생긴 노신사라고 느꼈는데, 안 보여
왠지 서운하고 안타까웠다.

어쩌면 암일 것이다.
차라리 그냥 모르고 살았으면 지난 토요일, 일요일 같이 신나게 운동하고 많이 웃고 많이 대화하는 모습을 보았을텐데...
최소 5~ 10년은 거뜬히 더 살수도 있었는데...
괜히 병원에 갔다가 그런 낭패를 보다니
맘이 아팠다.
서울에 돌아와 그런 것이 모두 먼 추억이 되었지만, 나의 노후는 어떻게 할 것인가 사람 생각이 다르니 그 준비와 대처 방안도
다 다른 수밖에 없을 것이다.
사실, 나는 어린 시절에 조그마한 냇가에 자리 잡은 감리교회에서
신앙 생활을 하였다. 엉터리 신자지만 지금 생각해 보면 신께서 참 많은 은혜와 복을 준 것이 확실했다.
1986~88년간, 안양 순복음교회에 2년 다니다 별 재미가 없어서 중단하고 그후 33년 하나님을 등지고 살았다는 것을, 나는 여기서 처음 고백한다. 떠난 배신의 33년, 그 결과는 참으로 처참했다.
이 좁은 공간에서 무슨 말을 다 할 수 있으랴. 다행히 2019년 8월 18일, 하나님 살아 계심을 확신하고 탕자의 잘 못을 빌며
다시 나의 신을 모시게 되어 지금은 그 무엇과도 바꿀 수 없는 꿀맛 같은 행복을 느끼며 살고 있지요.
창조주 하나님이 어떤 분이신가를 확실하게 모르면
언젠가는 신앙이 약해지거나 떠날 수 있다는 가능성이 얼마든지 있을 수 있다고 봅니다.
그래서 실수하지 않으려고 그 신은 어떤 신이신가를 알기 위해서
공부하기 시작, 매일 유튜브로 목사님 설교를 들었고 매일 출근전 30분, 퇴근후 30분 집에서 혼자 예배를 드렸지요.
5년을 지속하다 보니 신구약 성경 5번 읽어 보게 되었고
그런대로 지식이 무장되니 사탄의 역사를 미리 알고 대처하기도 하고
맞서 싸우는 힘도 생겼지요.

교회 다니면서 성경책 읽지 않는다면
신앙이 깊어지거나 상승하기는 어려워 보입니다.
신이 우리에게 알려주는 교훈과 지혜, 계명, 율법 등은 생명의 말씀
바로 성경책에 다 들어 있지요 그래서 성경을 읽고 또 읽고 죽는 날까지 계속 읽어야 합니다. 성경 말씀을 이해하기 위해서는 우선 목사님들의 말씀을 자주 듣기를 바랍니다. 믿음은 들음에 있으니까요. 그다음 들었으면 몸으로 이행하고 실천하기를 바랍니다.

제가 안양 순복음 교회를 떠난 것도 목사님 잘못이 아니라, 제가
갖고 있는 신앙의 무기라 할까요? 성경 지식이 절대적으로 부족했기
때문이라고 여기서 단언할 수 있습니다. 신앙에서 어떤 이의
선배로 하고 싶은 말이 있다면

1. 기도를 자주 할 것, (하루에 10번 이상)
2. 매일 성경책 한 페이지 이상은 읽을 것.
3. 유튜브에서 목사님 설교를 매일 한 번 이상 들을 것
4. 성경 말씀대로 실천할 것
5. 이방 신(미신)에 기웃 거리지 말 것. (사주, 점보는 것, 굿하는 행위)

우선 위 5가지만 실천해도 여러분은 성공적인 믿음의 생활을 한다고
여기고 싶습니다.
5년 정도만 지속해도 여러분의 삶의 변화는 크게 일어날 것으로 확신합니다. 댓가나 뭘 바라지 말고, 보다 차원 높은 믿음의 성도가 되기를 바랍니다. 다윗의 아들, 솔로몬을 찾아온 하나님과의 대화에서
하늘의 신이 우리에게 무엇을 바라는지 그 의도를
알아 낼 수 있습니다
1천번 번제를 드리는 날 솔로몬의 꿈에
하나님이 찾아왔습니다
"내가 네게 무엇을 줄꼬 내게 말하라" 고 말씀하셨을 때

솔로몬은 자신 개인의 욕구를 채우기 위해
재물의 복, 장수의 복을 구하지 않고, 내 백성을 억울하게
재판하지 않도록... **지혜**(Wisdom)를 달라고 했지요.
얼마나 멋지고 아름다운 마음입니까.
그러자 신은 그의 마음 자세가 마음에 들어 그가 구하지 않은
재물복까지 덤으로 주셨지요. 만약 솔로몬이 재물복이나 장수복을
구했다면 **지혜**는 얻지 못했을 것입니다.

성경책을 읽어야 할 이유는
바로 이런 대화의 요지기 뭘 말하고 있는지 그 뜻을 간파하기
위해 서지요 우리 신앙인은
그 속뜻을 이해하고 현실에서 지혜롭게 살아 가야합니다
기왕 믿는 거, 신(God)의 사랑 듬뿍 받고 살아야 하지 않을까요

하나님의 방문은
아무에게나 주어지는 게 아니고 특별히 **맘에 합한 자**에게만 찾아가는 것
이 보통입니다
여러분도 신의 은총 가득 받는 신앙인이 되려면 먼저 몸과 마음과, 정신
자세가 하나님 맘에 쏙 들어야 합니다. 하나님 뜻에 합하지 못하면서
무조건 복을 구하는 그런 기도는 아주 어리석은 기도라고 볼 수 있지요.
지위 고하를 떠나서 잘난체하고 교만하고 봉사와 헌금을
자랑하는 것은 금해야 합니다
우리 신앙에서 가장 중요한 것은 다음 세상에서
심판대에 오르지 않고 영원한 삶이 보장된다는 **영생의 축복**이지요
죽지 않고 영원히 산다는 것 ―
우리 성도들은 이것만으로도 엄청난 복을 받은 것입니다.
신앙 생활을 자기 편리대로 생각하고 판단하고, 성경책 읽지 않고 기도
안 하고, 세상 사람들과 똑같이 행동한다면 하나님이
이런 사람을 과연 좋아하실까요?

항상 기뻐하라. (Rejoice always.)
쉬지 말고 기도하라. (Pray God anytime.
몸과 맘과 온 정성을 다하여 주 너의 하나님을 사랑하라.
(Love the Lord your God with all soul, with all heart and with all of your strength.)

나의 미국 생활을 모두 성공적으로 마치게 도와주고
서울로 돌아와서도 매일매일 조언해 주시고 길 인도해 주시는 고마운
나의 신, 나의 여호와 아버지 하나님, 70만 이스라엘 백성이, 걸어서 홍해 바다를 건널 수 있게 바다 물길을 갈라 놓으신 그때 그 하나님,
그때나 지금이나 똑같이 역사하시는 여호와 나의 아버지, 하찮은
나 같은 사람을 주의 백성으로 불러주시고 인도해 주시니
이제 무엇을 더 바라리오.
사람들은 신이 어디 있느냐고
종교는 다 같은 거 아니냐고 죽으면 끝이지 뭐가 또 있느냐고
아무것도 안 보이는데 어떻게 신을 믿는냐고
살아서 내 맘대로 먹고 마시고 편하게 살다 가면 그만이라고...
그래요 보이지 않는 하나님을 있다고 설명하기가 너무나 힘들고
어렵습니다. 하지만, 나는 매일 그분에게 보고하고 경배하고 예배드리고
찬양하고 기도하고, 말씀 듣고 배우고 실천하려고 애쓰고 있으니
하나님이 저를 무척 사랑해 주신다는 것을 저는 알고 있어요. 그래서 하루하루가 무척이나 행복하답니다
이 세상 제일 어리석은 자는 "신은 없다" 라고 말하는 자라고 성경은 가르쳐 주고 있습니다. 여러분, 바보가 되지 말고, 노력해서 그분의 사랑 가득히 받아 보시길 바랍니다. 끝으로, 이 책을 읽는 국내외,
애독자 여러분에게도 한없는 신의 사랑과 은총이
늘 함께하기를 빌겠습니다.

(*2025 12 02 서울에서 ... 이상록 작가)

— 2. 중학교 시절

상록아, 예
상록아, 예

시골 마을 한 밤중
우리 집에 찾아와 날 부는 소리
나는 잠자다 들려 오는 소리에 무심코 대답만 하고 일어나서
문 열고 나가 보지 못했다.

잠을 한참 맛있게 자고 있는데
어떻게 일어나 누가 왔는지 알아보려고 나갈 수 있으랴.
성장기에 몸은 지구보다 무겁고 잠은 떡메보다 무겁다는 것을
선생님은 왜 모르셨을까요?
혹시 알면서도?

아침에 일어나 보니
수학 선생님이 왔다 가셨다는 것을, 아버지 꾸지람 소리를 듣고 알게
되었다. 자식 공부에 아무 관심도 애정도 없는 우리 아버지
이때도 역시 내 편이 아니고 선생님편을 들었다.

지금 조용히 생각해 보면
내가 잠결에 대답만 하고 나가 보지 못한 것이 큰 잘못일까
여러분은 누구의 잘못이라고 생각합니까
밤 10시 넘으면 남의 집에 전화는 물론 방문도 실례가 되는 것
아닌가요? 그런데 밤 12시 넘어 1시 2시가 되어 가는데
제자 집을 예고도 없이 찾아온 것이
어떻게 정당한 일인가?

세월이 한참 지나
지구 끝 어느 외딴 산 마을 아래
묻힌 바위 뒤에 숨어 있을 이 이야기를
꺼낸 것은 나에게 그토록 잊혀지지 않기 때문이지요.
아버지는 나를 보고 선생님이 찾아왔는데, 어떻게 대답만 하고 나가 보지 않았느냐 그것이었다.
잠을 안 자고 있었으면 문 열고 나가 보았겠지요.
그러나 나는 깊이 잠 들어 있어 그냥 무의식 상태에서 대답만 한 것으로 기억이 된다. 실제 그랬고

자세한 전후 상황을 알아보지도 않고 무조건 아들 잘못이라고 우기는 아버지를 이해할 수 없었다.
지금, 아버지는 만날 수 없는 먼 나라에 가 계시고, 어쩌면 그 수학 선생님도 먼 먼 별나라에서 날, 빼꼼히 내려다보고 있는지도 모르지요.
어떤 뜻으로 오셨는지 다시 선생님을 만나 물어볼 날이 올까요?
수학 선생님, 그래도 절 찾아 주셔서 감사합니다.
아버지와 조금 다툼은 있었지만 그래도
저를 사랑하고 관심 있었으니 오시지 않았겠어요.
음악도 잘 가르쳐 주신
고마운 수학 선생님, 어디 계신지요.
제자 이상록은 한국문학, 한용운 문학 회원으로서
주 1회 이상 시를 발표하고 있습니다. 벌써 시집 6권을
마무리하고 있습니다
아버지, 아들 시인이 된 거 모르고 계시지요. “너는 흑파 먹고 살아라”
그렇게 말씀하시고 일 마구 부려 먹은 아버지,
그래도, 그 시절이 그립습니다. 저 하늘에 계신 두 분, 아버지와 수학 선생님께 이제라도 명절 앞두고 큰절 올립니다

(*2025 12 02 서울에서... 작가 이상록)

* 수필 2 (영문) ....

1) Donation ... Writer: Ellmorn Lee (이상록)

According to a Charity Organization, about 1.4 billion people are living below the international line and 1.1 billion people lack access to clean water. More than 1 million children are severely deprived of at least one of essential basics that they need for survival and healthy development, and more than 24,000 children die every day the vast majority from preventable causes like poverty, hunger, and diseases. Worldwide, estimated 7.5 million children are not in school, most due to severe poverty. The Charity Organization believes that our monthly donations help provide life-changing care and lasting hope to children living in a community devastated by poverty. When you sponsor a child about $1 a day, you'll provide access to lifesaving resources such as:

1)Clean water

2)Sustainable sources of nutritious food

3)Basic healthcare

4)Education

5)Economic development opportunities for parents

If you become a member of a charity, you can get to know your sponsored children personally through letters,emails, and special celebrations you'll have the chance to build a one-to-one relationship with your sponsored child that could transform both your lives.

Many beneficiaries say we had a very bad life we did not have enough food and clothes before sponsorship.
Children used to be chased away from school because they did not have school fees or uniforms.

We were hungry . . . all things changed when the Charity Organization started taking care of us. When you donate, you're helping an entire community receive access to life's basics.
People who serve in the Charity Organization said clean water keeps children healthy and allows crops to grow. Nourishing food and life-saving healthcare help children stay in school. Education helps lift entire families out of poverty.

Economic development efforts help the community become economically stable — creating jobs and secure futures. There are many charities in this world that try to get donations from people or companies, religious services, and states.
A number of charities have maintained their good fame and long tradition, but some of them occasionally caused problems by using the donations improperly or appropriating illegally improperly some of money that people donated.

Before you donate something to charity, it's necessary for you to check if it is reliable or responsible. Anyway, "What a beautiful thing it is for someone to help people who really are in poverty and hunger!" We call them an angel who donates some money to charity or helps people who are desperately in a needy situation. Who are the major donators in your country?

Let me take some examples of major celebrities as donators. On December 15, 2010 I read the articles in the Korea Times about a Korean Singer who donated 1 million dollars and his entire donation was 11 million dollars for 12 years.

According to the Giving Back Fund in People Magazine on December 12, 2010, Oprah Winfrey Queen of Talk Show donated $4000million , Nora Roberts best-seller writer $445million, and Meryl Strips actress $400million for one year.

This must be a wonderful charity.
Is it easy to donate what we have to somebody? Jake Burger a founder and top CEO of the Facebook joined the Giving Pledge Club, as promising to donate the half of the property ($estimated 690million) he has at the present.

Celebrities and Tens of CEOs like Bill Gates, Steve Case in America participate in the movement of donations. It seems that donation culture of America is comparatively well developing more than other countries. I think that these people must be the lights and angels of our society.

And there seems to be many good people worldwide who donate something useful to a Charity Organization and help their neighborhoods. To assist someone in need will not only brighten the dark side of our community, but give hope and courage to the needed.

Regardless of small or big amount of money, what is important in donation is to participate in a charity action and to deliver our love and warm heart to them so that they can break the cycle of poverty and stand up by themselves.

Are you a member of a charity? Have you ever donated anything? To share some of what we own with the needy people will be one of the most beautiful things in this world?

(Written by Ellmorn Lee, New York, December 18, 2010)

2) At the Streams

... *Writer: Ellmorn Lee (이상록)

When I was in primary school, I raised tens of chickens. One sunny day of May, I made the way to the brook so that I could catch fish. There was nobody there.
Two tools were necessary to catch fish. One was a middle size of a zinc pot, the other a circled wooden basket with net. Once I had these, I could always catch fish by myself without any assistance from other people.

The brook had tons of small and big beautiful pebbles, stones with mosses, and reeds growing at each side of waters.
Several kinds of fishes were living there. After rolling up both my sleeves and pants, I began to walk very slowly toward the center of the streams that the height of the water came up to my thigh.

I was so excited to find a bunch of long black fishes that were getting together and swimming very freely. They were a school of wild eels. They had a slippery skin, so it was nearly impossible to grab and catch them with bare hands without any tools.

I was very lucky that I could happen to see a dozen wild eels. However, "How could I catch them all?" That was a problem. They were not so sensitive, but I was worried that they would run away if they detected in advance that I would try to capture them.

For a while I did not totally move except taking a look at them about five meters away from the eels. Meanwhile, I thought and thought about how I could catch them, and then I approached them very carefully up to one meter from the back side of them.

They were all playing together in a group very peacefully and joyfully, not realizing that a dangerous thing was about to happen to them. I was patiently waiting and aiming at one of them that departed from the group and played alone just before me. Finally I could get a golden chance to capture one of them.

As soon as I saw an eel in front of me, I put my right hand into the water and snap it out to the outside of water by taking advantage of its weight balance. It was very successfully. Almost for two hours, I could capture them all in such a way.

It was a huge pleasure to me. They were continuously moving on the sandbar and between stones. The eels were so big that I could not bring them all to my home at the same time.
I hurried home and was back again with salt and a lighter. I sought a plain and thin stone, and placed it on two stone columns to bake and eat. I did not prepared for a sharp knife because I had already known about how I cut the wild eels' skins.

They have no scales, but only slippery skins. To peel them, I selected a very strong stone, and place it on the plat surface of a rock or a big stone to break.

When I was young, people in our village called it "chadol" in Korean a kind of granite. The stone was pretty much harder and stronger than other stones. And its look and color were also unique and different from other stones. Therefore,

I did not take a long time finding it. The pieces of broken stones had sharp blades much more than knives we used in the kitchen. I picked one of them up to peel their skins.
Before baking the peeled eels on the plain stone, I always scattered a little salt on them and then put then on it.

To make the plain stone hot, I kept making a fire under the stone. In about thirty minutes some oils began to come out of their fleshes.

When I ate the baked eel, it was really delicious.
It was beyond description. Until now I can not remember what I have eaten more deliciously than the wild eels I cooked and ate at the brook.
Wild eels usually live in the rivers and brooks, sometimes at the sea, but not at the place where was polluted.

Their looks and tastes were a little different from the eels raised in a fish farm.
The eels had seven holes around their necks with round mouths. They love playing on the pebbles and love being hidden under the big stones.

A few months ago I heard that it was not easy to find them at the brook where I used to catch fish in childhood. I was worried that many rivers and streams were getting highly polluted by several types of agricultural chemicals.

Water is the source and origin of life. To always keep waters clean our responsibility and duty are needed absolutely.

(Written by Ellmorn Lee, New York, December 21, 2010)

3) The Night of Manhattan

... *Writer: Ellmorn Lee (이상록)

In January, 1996 I was flying Minneapolis to JFK International Airport.
The scenery of New York City's night was the same as the Milky Way in the night sky.
There was another space in the city. What a surprise it is that the earth has gravity and goes around the sun! Upon arrival at the JFK, I deplaned and hurried to the taxi stand.

There were many yellow cabs in line that were waiting for passengers. Finally it was my turn to get in the cab. I opened its door and said, "Please take me to a hotel or inn near here."
The driver took me to Washington Hotel near Korea Town on 32nd street in Manhattan.

I walked into the hotel and checked in.
The rate of one night's sleep was a little over one hundred dollars including tax.
It was pretty much more expensive than I expected. I took an elevator to sixth floor and went in my room. There were a few towels, soaps, toothpaste, toothbrushes in bathroom, but I could not find man's razors. I did not figure out why the razors were not there. As soon as I put my suitcase down and began to take off all my clothes that I was wearing.

The voice of water that was running from the faucet was as loud as Niagara waterfall. I went in the bathtub and had a meditation for a while with my body saturated in the water. The first night of my visit to New York was deepening.
After taking a shower, I was back to my cozy and spacious room.
My body and heart that were frozen in Indiana State University's Jones Hall began to be melted as if snow in the large mountain was melted by a spring warm wind and heat of the sun. "When and where does happiness come?"
Where shall I go for a trip tomorrow?
I fell asleep soon because I was too tired.

The next morning, I woke up at
ten o'clock. About one p.m. I checked out and sought where a Korean restaurant was. Luckily I found

Gammiok Korean restaurant, where I enjoyed eating lunch and got a newspaper for Korean people. What I was interested in was about a travel agency.

There were some nice travel agencies in the local district papers.
I called one of them to ask about the itinerary and cost. The information I got from the travel agent was a very useful for me, so I stopped by the nearby office without any hesitation and made a reservation for one night and two days' trip to Washington D.C. and Virginia.

I went back to the hotel again to stay another night.
The second night at the hotel made me feel more comfortable and get more familiar. The next morning, I went to the place where the travelers got together. They and I began to get on the bus at nine o'clock. The number of travelers in the bus was about forty five except the guide.

I had the third window seat from the back seat.
I vaguely remember that it took us three hours and half to get to Jefferson Memorial. Seeing Lincoln Memorial, Reran Cave, Potomac River, etc. was a great pleasure to me.
Whenever I moved with our travelers,
I asked them to take a picture of me. My camera was not a digital one and it needed the roll that was functioning manually.

At the end of our trip, I used up all the film of the camera. I was very glad to think that the pictures I took in Washington and Virginia would deliver me nice memories on the way back to Manhattan by bus.

After just seven days' stay in New York City I returned to my home country. I took an enough rest in my house for one day and then I went to the photo shop to have my camera film developed.

I had to hear the photographer saying
that the film did not work properly, so there were no pictures taken inside the camera.
It was my big mistake. I was enormously shocked.

It was the moment
I felt deeply how stupid I was.
For a couple of days
I was in no mood at work.
Unfortunately,I could not see all the cherished pictures
I took during my trip to Virginia, Philadelphia, Washington and New York in the USA.

Since that,
I have been very sensitive in selecting a new camera.
A digital camera seems to be essential to us today because it has very useful functions that we can take pictures without rolls,
and transfer them into our computer.
In those days
if I had have a digital camera,
it could not have happened to me.

(Written by Ellmorn Lee, New York, December 23, 2010)

❂ 닭 키워 본 적 있나요?

작가는 초등학교 때,
냇가에 나가 고기를 잡아 오곤 하였지요.
이유는 초등학교 때, 닭 20여 마리를 길렀답니다

그래서 공부할 시간도,
친구하고 놀 시간도 없었어요. 그래도
그 시절이 그립고 특히, 수탉이 많이 보고 싶네요.
(*수탉이 참 멋지게 잘 생겼지요*)

During my childhood,
the rooster was one of my best friends.
I miss him more than
I can say here.

3. 추억의 사진

* Columbia Univ. Campus

* on CU Campus

＊ Classmates

＊ Classmates

4. Flushing 사진

* Flushing Library

* Northern BLVD. 150
KFC

* Who are these?

(*Flushing, Queens NY)

* Flushing Macy's

5. New York Streets ...

* we can see
the signboard of LG ad.

(*Manhattan street, NY)

*Manhattan street

* Columbia univ. campus

6. 그리운 이름

어제 중랑천에 갔다가
돌담길 건너가며 물끄러미 붕어를 바라보았는데
나보고 그리운 사람들 있느냐고 물어보는 듯한 표정
이었는데...
흐르는 물살에 그리운 이름을 여기서 불러 본다

- 김덕곤 —
  병태 성곤 형석 진도 명순

- 박상원 —
  양래 종원 덕수 연시

- 안경모 —
  진우 시원 원병 우진

- 산너머 진달래 (희) —
  미라(전도사님 딸) 영숙(진접) 수현이 엄마(안양)
  남순 (미국)

- 박 호상 —
  Mellen Groove, Sunny, Namsoon, Nancy
  Martin and Julia, Linda, Jennifer, James, Young, Steven ...

7. 하늘의 별을 보다 ....

***한용운 시인님 / *이육사 시인님**
***김소월 시인님 / *박목월 시인님**
***박두진 시인님 / *조지훈 시인님**
***서정주 시인님 / *김춘수 시인님**

....

***철학자 안병욱 숭실대 교수님**
***철학자 연세대 김형석 교수님**
***연세대 부총장 김동길 교수님**
***수필가 무소유 법정 스님**

....

*Abraham Lincoln 대통령님 /*Martin Luther King 목사님

*Muhammad Ali World 챔피언님 /*John Denver 가수님

*Soohwan Hong World 챔피언님 /*Celine Dion 가수님

*Whitney Houston 가수님 /*Michael Jackson 가수님

....

*신광교회 김진홍 목사님 /*대전 중문교회 장경동 목사님

*이재철 목사님 /*부산 세계로 교회 손현보 담임 목사님

*선한 목자교회 유기성 목사님 /*명성교회 김삼환 목사님

*금란교회 김홍도 목사님 /*미, Steven Furtik 목사님

....

*미국, Helen Fisher 가수님

***** 미국, 브롱스 Namsoon 사장님

*미국, Flushing Sunny님 /*미국 Linda 선생님

*미국, Martin & Julia Rhu 선생님

8. 좋은 시를 쓰려면 (10계명) ....

1) 참신성: 남이 가지 않은 길을 가라 (***이근배 시인님** 가르침)
즉, 나만의 새로운 길을 개척한다
일반 사람들이 늘상 사용하는 상투적 언어의 나열이나 진술
문장을 피해 가고, 신선하고 새로운 맛을 우려낸다

2) 적절한 비유: 시를 쓰려면 많은 비유법을 활용해야 한다
은유법, 직유법, 비교법, 대우법, 활유법, 풍유법, 의인법, 반어법 등
의미에 어울리는 비유법을 적절하게 잘 활용할 것

3) 역동성: 시뿐만 아니라 모든 글에는 역동성이 살아 움직여야 한다 즉,
죽은 글이 되어서는 안된다 여기서 죽은 글이나 시란...
독자에게 아무런 감동도 느낌도 주지 못하는 것을 의미한다

4) 창의성: 내가 새로이 닦아 놓은 흔적이 보여야 한다 (나의 체험, 관찰 반영)

5) 독창성: 나만의 개성이나 독특한 향기가 묻어나야 한다

6) 글의 리듬: 시에서 리듬은 춤에서 경쾌한 스텝이나 음악의 후렴
어귀라고 볼수 있다

7) 뜻 살리기: 아무리 문장의 구성이 잘 되어 있어도 결국 뜻이나 주제가
없다면 죽은 글을 쓴 것이다 시에서 가장 중요한 부분이다

8) 어려운 용어사용 금지: 사자성어나 고상한 철학적 용어, 어려운
낱말 등은 시에서 금하는 것이 좋다

9) 상투적 언어 금지: 일반 잡지나 신문 등에서 늘상 사용하는 문장이나
글귀는 피해 가야 한다 누구나 아는 상식 누구나
쓸 수 있는 그런 문장은 버려라

10) 고어 사용자제: 고어라고 해서 금지할 필요는 없으나 너무나 오랫동안
사용한 용어라면 참신성을 해치니 자제한다
(오, ~하여라, 하구나, ~하구료 ~하였네 오호라 등)

※참고:*제목 달기도 중요한다 하지만 시 내용과 전혀 무관 하다면 이 또한
좋은 것은 아니다 — 요즘, 신문사 신춘문예 당선된 시를 보면
낯설기는 하나 감동, 향기, 멋, 세련미, 힘,
리듬, 비유 등이 많이 부족하다. 낯선 제목보다 친숙한 제목으로
평범하고 쉬운 우리말로 시를 잘 쓰는 사람이 진짜 실력자가
되겠다. 감동도 향기도 운율도 큰 뜻도 없는 글을
당선된 시라고 발표하는 것을 보면 한숨부터 나온다
*이상한 글을 詩라하지 말고 *잘 익은 시인을 뽑아 주길 바란다

9) 시 창작은 ?

* 시를 쓰려면 해야 할 요건이 많이
있지만 여기서는 간단히 몇가지만 기술해 보겠다

* 글이 시가 되려면 최소 3요소는 갖추어야 한다.
1, 운율
2, 심상
3, 주제
* 그리고 시에 관한 공부를 적어도 반년 이상 꾸준히
해야한다 *초중고교생이라면 매일 일기 쓰기부터 하는 것이좋다.
대학생과 성인은 수필을 권장하고 싶다.
그렇게 10년 이상 연마하고 나서
시 공부와 시 쓰기 연습에 들어가면 한결 수월해질 것이다.
그리고 인생 경험도 많이 필요하다 특히 시골 환경에서 10년 이상
살아 보기를 바란다 시의 향기는 거기에 많으니까...
시가 시다워지려면 시적 향기, 생기, 힘, 스토리, 멋, 깊은 뜻,
경구, 유머, 은유, 기교, 비유, 리듬...등 다양하게 적용되어야 하고
지나친 허풍이나 미사여구는 배제되어야 한다.
*개인적으로 시의 가장 중요한 부분은 살아 꿈틀거리는 힘, 감동,
향기, 멋, 운율, 암시적 의미, 신선함 등이 될 것이다.
아무리 잘 쓴 시라 할지라도 최소한의 향기도 감동도 없다면 그건
죽은 시를 쓴 것이다. 모든 게 다 그렇지만 글 실력도 하루아침에
올라가지는 않는다. 시인의 글을 많이 읽어야 함은 물론 평소
꾸준히 글 쓰는 연습이 필요하다. *다양한 인생 경험은 필수
적어도 10년 이상 꾸준히 글을 써 보기 바란다
가장 좋은 나이 (40 ~60대)에 시인이 되는 것은 큰 축복이 될 것이다
*풍부한 인생 경험과 감성이 시에는 큰 자산
매일 글 쓰는 습관을 갖자

10) 영어 산책 ....

* 자주 쓰는 영어 회화 ....

1. 작별 인사
   안녕, 잘가 (Bye / Take care)

2. 오랜만에 만났을 때
   오랜만이야 (How have you been? /Long time no see)

3. 나중에 보자 (See you later/ Catch you later)

4. (음식값) 내가 낼 게 (I'll pay for it. / It`s on me)

5. 아니, 각자 내기로 해 (No. Let's go Dutch.)

6. 벌거 아니야 (It's not a big deal. / No big deal. / It's ok.)

7. 나는 전혀 몰라 (I have no idea. / I'm not sure.
   /I haven't the slightest idea.)

8. 요즘 무슨 일하고 있니? (What are you into?)

9. 내 잘못이야 (My bad / My mistake)

10. 걱정하지 마! (Don't worry. /No worries / No problem)

11. 사업은 어떻게 돌아가는가? (How's your business going?)

12. 나는 동의합니다 (I`m in. / I agree.)

13. I`m out. (갑니다 / I`m coming.)

14. I`m outside. (난 밖에 있어/ I`m at home. 난 집에 있어)

15. I`m stuffed. (배 불러 /I`m full.)

16. I`m off today. (오늘 휴무야)

17. I`m off to work. (출근하고 있어)

18. I hope you have an amazing New Year. (멋진 새해가 되기를 바래요)

19. Mom, I`m home. (엄마, 집에 왔어요)

20. I`m on my way home. (집에 가고 있어 /I`m coming home.)

21. What`s going on? (무슨 일이야?/ 별일 없니?/어떻게 지내고 있어?)

22. Same here. (나도 같은 걸로... 주로 식당 에서)

* 저의 제 3시집도
6월 강가에 핀 능소화처럼
활짝 피어 오르기를
소망합니다

(*Near Kissina Park Flushing NY 2005)

※ 후원을 기다립니다
모아진 후원금 일부는 시 발전과
어려운 이웃을 위해 소중히 쓰겠습니다
(* 광주은행 — 270 121 009415 — 이 * 록)

11) 감사 인사 ....

Thank you for joining me.

See you again in the fallowing

Collection of poems.

* I wish you all the best.

*함께해 주셔서

감사합니다. 다음 시집에서 만나요.

여러분의 행운을 빕니다

(2025 06 13 서울 장안동에서...)

● 문의 사항은 아래로...

● 전화 : 010 7788 2799

● 이메일 : a77882799@gmail.com *시인 이상록

*Here is Manhattan,
New York.

*Flushing that the writer
lived near the church
showing below.

12) 미국 대학입학 준비 절차는?

A) 어학연수 ....

*학생이라면 누구나 한 번쯤
해외 나가서 공부하고 싶어 했을 것이다.
미국에 있는 교육기관이나 대학에 정식 입학하려면
우선 어학점수가 필요

교육기관에서 요구하는 영어점수를 먼저 취득해 놓아야 한다.
그런 점수를 취득하지 못했다면 먼저 어학연수부터 받는 것이 좋은 길이 될 수 있다 우선 여기서는 어학연수 절차를
어떻게 해야 하는지를 먼저 알아보고
다음 페이지에서 대학 입학에 대한 절차를 알아보기로 하자.

1, **학기**: 대학 어학연수는 1년에 봄, 가을 두 번 또는 3학기제, 4학기제로 나누어 볼 수 있다. 내가 가고자 하는 대학이 언제 어떻게 무엇을 요구하는지 알아 보는게 우선 순위인데... 인터넷으로 해당기관에 어학연수 자료(Application, Brochure)를 요청한다.

2. **수업료**: 교육기관마다 수업료는 각기 다를 수 밖에 없다.
주립, 공립, 사립 등 그 형태에 따라서 대학의 재정 능력에 따라서
등 상당한 차이가 있음을 본다.
따라서 가고 자 하는 대학에 Email 또는 편지로 자신의 뜻을 밝히고
해당 대학 어학입학에 관한 자료를 요청하면
거의 100 프로 친절하게 자료를 보내 준다.
요청한 자료를 받았다면 면밀히 검토를 하고 해당 교육기관이 요구하는 서류를 작성해서 보내면 된다.
이때 보내야 할 서류를 다음과 같다.

3. 어학연수 기관에 보내야 할 서류:

a) 작성된 원서 (a completed application)

b) 원서 수수료 (an Application fee) ... 학교 마다 천지 차이 최저 $50 이상으로 보면 될 것 같다

c) 해당 학교 재정 보증서 (a competed Financial Support)

d) 은행 잔고 증명서 1 (Bank balance proof)

4. 마감날자 (Dead Line) : 이러한 서류는 학기 시작

적어도 4~5개월 전에 미리미리 준비해서 보내야 일정에
차질을 빚지 않을 것이다.
모든 교육기관은 원서 마감 날이 (Dead Line) 정해져 있으므로
이를 미래 숙지하고 준비해야 할 것이다.

5. 어학연수 기관 선정 :

교육기관을 선정함에 있어서 따져 보아할 것은

1 ㅡ수업료 2 ㅡ 기숙사 여부 3 ㅡ 교육 프로그램
4 ㅡ학기 5 ㅡ 클라스 학생수 ...등

자세히 살펴서
자신의 진로와 경제적 여권에
맞는 학교인가를 살펴보아야 한다

*broucher 자료 입수는 인터넷 들어가 연수기관을 찾아 현지 주소나 email 주소로 자료 요청하면 보통 2주 안에 해당 자료를 받아 볼 수 있을 것이다.

(*어학 연수는 1년전 또는 적어도 6개월 전부터 준비한다.)

B) 미국 대학입학 절차 ....

1. 입학 준비 ... (Perterson`s Guide to colleges 참조)

미국 대학에 진학하려면 우선 영어를 듣고 충분히 이해할 정도의 실력을 갖추고 있느냐가 관심사이다.
따라서 모든 교육기관은 영어 점수를 요구하고 있다.
즉, 미국 ETS 영어 교육 평가원에서 실시하는 외국인 영어 평가 점수를 미리 취득해 놓아야 한다 이 시험은 한국에서도 응시할수 있고
자세한 것은 한국 ETS Fullbright 오피스에 전화로 알아 보기를 바란다.

보통 이 시험을 Toefl 이라고 하는데...
미국 보통 대학은 500점 이상, 중상위권 대학은 520 ~ 550점,
상위권 대학은 580점 이상을 요구하고 있다.

이러한 점수를 미리 취득해 놓고 미국 입학하고 싶은 학기 보다
1~2년 미리 준비하는 것이 바람직하다고 본다.
고교 3년간의 전 성적을 요구하기 때문에 학점 관리를 잘해 두는 것도 입학에 매우 유리할 수 있다.

2. 학기 ...

미국의 학기는 크게 가을학기 보통 9월 초,
봄학기 보통 1월 초에 시작한다 입학 지원 마감도 학교마다
다를 수 밖에 없다
빠르면 1년 전에, 또는 6개월 전에 마감하는
경우가 흔하다. 따라서 미리미리 서둘러 준비하는 것이 시간에
쫓기지 않고 원하는 학기에 입학할 수 있을 것이다.

3. 수업료 ...

수업료 역시 대학의 재정과 역사, 공사립, 주립, 경쟁력 등에 따라 천차만별이라고 볼 수 있다.
자세하고 정확한 최신의 정보를 얻으려면,
해당 학교에 자료를 요청하면 될 것이다.

4. 지원 서류 ...

지원 서류도 대학마다 조금씩 차이는 있을 것이다.
보통 공통적으로 요구하는 서류는 아래 같다.

a) 원서 (A Completed Application)
b) 3의 추천서 또는 학교 양식
c) 고교 3년간의 성적 및 졸업증명서
d) 전형료 (Application Fees)
e) 재정 보증서 (Affidavit of Support) (또는 학교 양식)
f) 영문 은행잔고 증명서 1
g) Toefl 점수 (최저 500점이상 요구)

*위 서류를 모두 갖추어 등기 우편으로 원서 마감 전에 도착할 수 있도록 하고, 추후 합격 여부는 해당 재량이므로 충분히 기다려 보면 될 것이다.

*아무래도 영어 듣기를 평소에 잘해 두어야 좋은 점수를 기대할 수 있을 것 같다.
하루 15분 이상 영어 하루도 중단하지 말고 듣기를 꾸준히 한다면 개인차는 있겠지만 여러분의 꿈은 꼭 이루어 진다고 믿습니다.

*영어 말하기 듣기, 쓰기 평가도 들어가니까
평소에 꾸준히 입 벌려 말하는 습관을 갖자.
이 역시 듣기 못지않게 중요하므로 영어로만 말하는 파트너를
물색하는 것이 큰 도움이 될 것 같다.

영어로 말 잘하는 지름길은 뭐냐고 누가 나에게 묻는다면

Listen to
American’s dialogue
every day at least for 15 minutes
and then speak with your partner only in English.
If you don’t have a partner to talk to,
Practice speaking by yourself in
English each day. That will
be the best way
to overcoming
your problem.

(*2025 08 12 영어 강사 이상록)

5. 미국 주요 명문대학

대학 랭킹은
전공과목에 따라 차이가 있으나
일반으로 알려진 세계대학 순위를 보면 대체로 아래와 같다

(*2025년 인터넷 기사 인용)

1. Harvard University 1위

2. Standford University 2위

3. MIT (매사츄새츠 공대) 3위

4. Columbia University 4위

5. Cornell University 5위

6. Yale University 6위

7. Princeton University 7위

8. University of Pennsylvania 8위

9. George Washington University 9위

10. Universiy of Berkery 10위

11. University of Chicago 11위

12. Cal Tech 12위

13. New York University 13위

14. University of Washington 14위

15. 서울 대학교 (2025년 인터넷 기준).........................62위

C) 미국 대학원 입학 절차 ....

(*Peterson's guide to Graduate schools 참조)

미국에 소재한 대학원 과정에 입학하려면,
우선 해당 대학에 email이나 편지로 자신이 원하는 입학 안내서 Brochure를 입수해야 한다.

석사 과정만 따로 하는 경우도 있고, 석사 박사 과정을 묶어서 학위를 주는 대학도 있으니, 여러 경로를 통해서 자세히 알아보는 것이 자신의 경제적
미래적 상황에 큰 도움이 될 것이다.

아무래도 현지에서
공부해야 하니 현지 언어가 관건이 될 것이다.
거의 모든 대학이 영어점수 (Toefl)를 요구하고 있다.
점수는 보통 550점 이상 또는 570점 이상 하한선을 긋는 대학도 있고
여기에 Gre점수 (일반학과) , GMAT(경영대학원)점수 제출을 요구한다.

이러한 시험은
한국 지사 Toefl 사무국에 연락해서 응시 절차를 밟으면 될 것이다.
학기는 봄학기 (1월초 시작, 또는 3월에 시작하는 경우도 있음) 가을 학기 (보통 9월 전후가 된다.)

미국에서 석. 박사 과정에
입학하려는 학생은 적어도 입하 하려는 학기에
2~3년 전부터 미리미리 준비해서 수속 밟는 것이 현명하다고 볼 수 있다.
무조건 초일류 대학만 선호할 게 아니라

자신의 능력과 재정상태를
충분히 고려해서 대학을 선택하는 것이
무엇보다 중요하다고 볼 수 있다.

수업료 차이도 대학에 따라 천차만별이다.
그리고 또 중요한 것은 대학의 장학금 정책이 어떻게 되어 있는지도 알아보고 본인 대학 성적이 뛰어나다면
해당 대학에 장학금 신청이 가능한지도 문의 하는 것이 좋을 듯싶다
명문 사립대학 일수록 경쟁이
치열하고 수업료도 엄청 비싼 게 사실이다.
하지만 그런 대학들은 재정이 탄탄하여 장학금 급여 액수가
또한 많다는 사실, 수업료가 비싸다고 너무 겁먹지 말고 자신의 학업 성취도 뛰어나다면 굳이 피해 갈 필요 없이 정면으로 도전해 보길 바란다.
물론 돈 많이 필요하지만 세상이 좋아져서 이젠 돈 없어 진학 못 했다는 건 다 핑계에 불과하다 도전하자! 게르지 말고 부지런히 자신의 길을 꾸준히 개척하고 연구하자. 그런 자에게는 반드시 기회는 오는 법
아무것도 안 하면 아무것도
오지 않는다. (There is nothing free.)

* 지원서류는 ...

1. 입학 지원서 (completed application Form for admissions)
2. 대학 4년간의 성적표 (보통 GPA 3.0 이상 요구)
3. 대학 졸업증명서
4. Toefl 성적표
5. Gre 또는 GMAT 성적표
6. 재정 보증서 (해당대학 지정 서류)
7. 은행 영문잔고 증명서
8. 자기 소개서 (영문)
9. 추천서 3인 (교사, 교수, 등으로부터 3인 영문 추천서)
10. 학습 계획서 12. 지원 동기서 ... 등

(※ 입학심사에서 제일 중요한 것은 학교성적과 토플점수이다)

* 토플/지알리/지맴에티 점수는 2년간 유효*

. (2025 08 13 작가 이상록)

13. 예술의 혼을 담다

*도종환 장관 시인님
*이근배 이사장 시인님
*김소엽 이사장 시인님
*손해일 이사장 시인님
*김유조 이사장 시인님

....

*이정록 문학그룹샘문 회장 시인님

....

1. 이화정 블랙플 대표님 (Artist)
2. Martin & Julia Rhu (W.Champion)
3. Sinkinson Couple (W. Champion)
4. Coky & Shelly Balas (W. Champion)
5. Linda D. (Choreographer)
6. 금서 정 자두님 (서예가)
7. 롯데주님 (Modern)
8. 진희님 (Artist)
9. 혜숙님 (Latin)

....

* T.S. Eliot 미국 시인 (극작가)
* Stevenson 미, 교수
* 이상록(엘먼) 시인/수필가 (영어강사/영문작가)

*영문 창작시 ....

Who am I?

*이상록 (엘먼)

There are no
Sun, Moon, and Stars
in the village I live.
Who stole these?

There are no
Eyes, no Nose, no Mouth
in my body I have
Who ran away with these?

Darkness,
Moisture, and Calmness
in the place I stay
are filled like grains of sand.

I love resting
under leaves
or stones for a long time.

Even in soil,
I have been dreaming of seeing heaven.
Who am I?

---

*이상록 (엘먼) 양양시인 .../ 수필가/ 영어강사/ 영문작가
2025 12 22 오전 10시 55분 ... 서울에서....

14. 김소엽 이사장 시인님................

*한국이 낳은 대표적 여류 시인이신
<u>김소엽 석좌교수 시인님과 함께</u>...

(***김소엽** 시인님 중앙)

(*한용운 문학상 시상식에서 2025 12 20)

(*석전 김경배시인님 /혹진주 장복순시인님)

*저 높은 곳을 향하여 ....

*서울 블랙풀에서...

(*Photographed on Sep 6 2025)

*한국문학 시상식에서...

(* Korea Poem Awards Grant on Sep 6 2025)

15. 한용운 문학상 시상식 ....

*이정록 이사장님 수여식

* 한용운 문학상 수필 신인상 수상
(*작가 이상록 2025 12 20)

*2025 12 20 중랑 문화원에서...
(*이정록 샘문 이사장님과 함께...)

Who am I? ... 이상록 (엘먼)

*나는 누구 일까요

There are no
Sun, Moon, and Stars
in the village I live.
Who stole these?

*내가 사는 마을엔 해도 달도 별도 없지요 / 누가 훔쳐 갔을까요

There are no
Eyes, no Nose, no Mouth
in my body I have
Who ran away with these?

*내 몸에는 눈도 코도 입도 없지요 / 누가 이를 가지고 도망쳤을까요

Darkness,
Moisture, and Calmness
in the place I stay
are filled like grains of sand.

*내가 머무는 곳에는 어둠, 습기, 고요함이 모래알처럼 가득하지요

I love resting
under leaves
or stones for a long time

*나는 나뭇잎아래서 돌 아래서 오랫동안 쉬는 것을 좋아하지요

Even in soil,
I have been dreaming of seeing heaven.
Who am I?

*땅속에 있을지라도 나는
하늘(하느님) 보는 꿈을 꾸어 왔지요 / 나는 누구일까요

---

*번역 : 이상록 (엘먼) 양양시인 .../ 수필가/ 영어강사/ 영문작가
2025 12 22 오전 10시 55분 ... 서울에서....

(*서예가 금서 정)

(*장한평 불랙플에서...2025 12)

*살아간다는 것은
살아 있음을 전제로 한다.
그리고 그 속에는 어떤 의미가 포함되어 있어야 한다

물은 정지하기도 하고 흘러가기도 한다.
내 뜻대로 멈추기도 하고 움직이기도 한다는 것이 전혀
아니다. 한 가지 분명한 것은 물은 높은 곳에서
낮은 곳으로, 더 낮은 곳으로 주어진 물길 따라,
강변길 따라 편안히 갈 뿐이다.
이 큰 대열에서 이탈만 안 하면 언젠가는 바다에 이를
것이다. 물의 최종 목적지는 바로 바다다.
우물가의 물이든 계곡에서 흘러 내려온 물이든
고향을 묻지 않고 바다는 넓은 가슴으로 모두를 포용해
준다. 바다에서는 모두가 하나가 된다
물방울 하나하나가 모여 거대한 바닷물이 되었다. 수천
수억 년이 지나도 그곳의 물은 썩지 않고 영생하고 있다.
고이면 물도 상하고 변질되는 것
그러나 바다는 살아 움직이는 생물처럼 썩지 않고
늘 계속 움직인다. 어떤 원리가 적용되었을까?
짠맛을 유지하는 원리도 수수께끼 같은 비밀이 될 것이다.
"너희는 세상의 소금이 되어라." 그렇게 명령하신 하늘의 언어,
하늘의 소금이 저 푸른 바다, 내가 살았던 동해바다 하조대,
낙산 해변가에도 떨어져 여전히 푸르고 아름답게 살아간다.
낮추고 낮춘 자만이 갈 수 있는 곳 ㅡ
그곳을 알고 실천하는 자가 가장 복된 삶을 살아가는 자가 될 것이다
*하늘의 뜻은 곧 땅에서도 통하기 때문이다

(*이상록 작가 ...2026 01 14 서울에서...)

❁ 추억 남기기 ....

(*Artist Park)

(*Granted 2025 12 11)

*장미꽃

향기가 있을까? 없을까?

2025년 10월 말까지만 해도 나는 장미 향기는
없는 것으로 생각해 왔다. 이유는 담 타고 오르는 장미
넝쿨에 벌이 드나드는 것을 보지 못했기 때문이었다.
그러다 지난해 11월 초순경 냇가를 거닐다
우연히 목 아파 땅으로 푹 고개 수그린 예쁜 장미
한 송이를 보게 되었다.
그 이유를 알고 싶어 다가가 목 줄기를 만져 보았다.
선천성 장애랄까? 목 줄기가 아주 가늘어 목 들을 힘이
없었던 것, 다음 날 다시 찾아가서 대나무 기둥을 박고 목을
받쳐 주어 하늘을 보게 해 주었다
그동안 아래로 아래로 땅만 보다 나를 만나 그날 처음으로
하늘을 보게 된 셈이다. 나도 기뻐서 자리를 오랫동안
뜨지 못하고 도톰하고 붉은 입술 속으로 살며시
내 코를 붙여 보았다.
그런데 어 어찌된 일일까 쏟아져 나오는 향기는
진하고 진실했다 처음 맛보는 키스 ㅡ
먼 낙산 해변가 소나무밭 첫 키스보다 달고 진했다
아, 이럴 수가 늦게 핀 장미 한 송이에서
살며시 웃고 있는 한 사람을 본다
내일도 난, 냇가로 간다

(2026 01 14 서울에서... *작가 이상록)

16. 맺는 말 ....

언제 어디서
무엇을 하든, 하늘과 땅과
인간 그리고 모든 만물을 지으신 거룩한
하나님의 축복이 항상 함께
임하길 빌겠습니다

강원도 양양
현북면 상광정리 샘제산 마을에서
평생 농부의 아들로 흙에 묻혀 살 줄 알았는데......
멀리 미국 유학까지 보내 주신 하늘의 신, 영의 아버지께
한없는 감사를 먼저 올리고 싶다 학교 갔다 집에 돌아오면 공부할
시간을 통 주지 않은 육의 아버지 때문에 뒷산 대밭이나 묘지 뒤에 숨어
공부했다 이를 본 하나님은 나를 측은히 여겨 미국 유학시켜주었고
시인이 되게 해 주셨다 육신의 아버지 보다 영의 아버지가
더 좋은 걸 어떻게 하랴 여러분과 여러분의
가정에도 하늘의 축복이 ....

*From Heaven
God bless you, and your family also.

(2025 04 28 저자 이 상 록)

17. 작가 프로필 ....

이상록

1. **시인**
2. 영어강사 / 수필가
3. 미국 뉴욕 11년 거주
4. 시 등단 (2024), 시 신인상 (2025)
5. 강원도 양양 태생
6. 현북 초, 중, 양양고교
   청주 사범대학, 외대 eMBA
   미, 컬럼비아 대학
   영어 물결에서 헤엄치다
   시인이 되다

....

- 시집 1 ... 처음 본 달
- 시집 2 ... 산 너머 진달래
- 시집 3 ... 능소화 피는 날
- 시집 4 ... 뉴욕으로 간 뻐꾸기
- 시집 5 ... 맨하탄 달빛 여인
- 시집 6 ... 달 꽃

....

- 수상1: 2025 봄, 샘문학 시 신인상,
- 수상2: 2025 가을, 한국문학 시 특선상
- 수상3: 2025 가을, 한용운 문학 수필 신인상

....

- 샘 문학 회원
- 동대문 문화원 회원
- 한국문학 회원
- 한용운 문학 회원

지은이 이상록 (양양시인)

편집 이승빈

마케팅·지원 이창민

표지 디자인, 편집 및 교정 이상록

펴낸이 문현광

이메일 haum1000@naver.com

홈페이지 haum.kr

블로그 blog.naver.com/haum1000

인스타 @haum1007

ISBN 979-11-7374-316-0(03810)

출판사 하움출판사

판매가 20,000원

1판 1쇄 발행 2026년 2월 13일

좋은 책을 만들겠습니다.
하움출판사는 독자 여러분의 의견에 항상 귀 기울이고 있습니다.
파본은 구입처에서 교환해 드립니다.